从篱笆到围墙

——一个村庄“被现代化”的背影

胡永良 ◎ 著

SPM 南方出版传媒 广东人民出版社

·广州·

图书在版编目（CIP）数据

从篱笆到围墙——一个村庄“被现代化”的背影 / 胡永良著. — 广州 : 广东人民出版社，2014.8
ISBN 978-7-218-09459-5

Ⅰ. ①从… Ⅱ. ①胡… Ⅲ. ①散文集—中国—当代 Ⅳ. ①I267

中国版本图书馆CIP数据核字(2014)第163206号

Cong Liba Dao Weiqiang —— Yige Cunzhuang " Beixiandaihua " De Beiying
从篱笆到围墙——一个村庄“被现代化”的背影

胡永良 著

出 版 人：曾 莹

责任编辑：肖风华 李 敏
装帧设计：刘焕文
责任技编：周 杰 黎碧霞

出版发行：广东人民出版社（广州市大沙头四马路10号 邮政编码：510102）
电 话：（020）83798714（总编室）
传 真：（020）83780199
网 址：http://www.gdpph.com
印 刷：广州家联印刷有限公司
书 号：ISBN 978-7-218-09459-5
开 本：889 mm × 1194 mm 1/32
印 张：9 字 数：173千
版 次：2014年8月第1版 2014年8月第1次印刷
定 价：26.00 元

如发现印装质量问题，影响阅读，请与出版社（020-83795749）联系调换。
售书热线：（020）83795240

谨以此书纪念我那永远消失的故园，

并献给天下所有的漂泊者。

前言

非虚构作品《从篱笆到围墙——一个村庄“被现代化”的背影》乃是作者对故土林溪村在现代化背景下社会变迁的一种人文叙写，旨在引领读者从细部观察中国当代社会的宏大变迁，到底层体味中国失地农民的家园情怀，用良心反思中国城市化中的伦理困境。作品具有文学性与社会学的双重价值。

作者将林溪村放在三个维度下进行共时理解与叙述：一、它是作者生活了二十多年的故乡；二、它是一个农业社会向工业社会过渡的典型范本；三、它是一个存在了千年但最终消失的村庄。

作者的写作力求同时具备三个维度：一是文学性的，始终关注人的命运与情感，人物的喜怒哀乐都是笔下的风景。二是社会学的，在这里可以看到家庭、职业、经济、生活自二十世纪八十年代到本世纪初的变迁；可以看到基层政权的微观运行；可以看到道德生活与文化生活的嬗变。三是批判性的，字里行间，既有对二十世纪七八十年代农民生活的启蒙思考，又有对新世纪头十年征地拆迁的理性批判。

本作品由四部二十三篇长短不一、独立成篇的散文构成。

第一部，林溪之影，主要是对林溪自然风貌与人文风物的描述，展示林溪村自然的丰茂和野地的生机。

第二部，林溪之痛，主要是通过作者本人的经历对林溪农民生活再现，表达对农村生活欲罢不能的复杂情感。

第三部，林溪之殇，主要是讲述林溪村在开发区一轮又一轮征地拆迁下日渐衰败并最终消失的过程。

第四部，林溪之风，主要从人物命运的角度讲述了林溪在现代化面前的无奈和失落。

此书部分章节已在《散文》《创作评谭》《文学与人生》等文学报刊发表。

作品于二零一三年六月参加凤凰网首届原创文学大

赛，从3000余部稿件中脱颖而出，荣获非虚构类作品二等奖。大赛评委、知名网络作家、评论家十年砍柴在推荐语中说：“这是一部让我感动得流泪的作品，是农耕文明的一曲挽歌，作者通过敏锐的观察，用细致的笔调，写出社会转型期一个乡村青年的悲愁与欢乐，也折射出大变革时代诸多的无奈。我相信这部作品能引起更多从乡村走出的中年人的共鸣。”

现代性的乡愁

旷新年

胡永良《从篱笆到围墙——一个村庄“被现代化”的背影》一书深深触动了我。我们面对前所未有的文明大转型，延续了数千年的农业文明即将被工业文明取代。在工业化、城市化和现代化的冲击下，传统的“乡土中国”快速解体，“熟人社会”转变成为陌生人的世界，法理社会逐步代替传统有机的宗法社会和礼俗社会，随着市场经济的降临，原子化的个人主义如期而至。二十世纪九十年代以后，农村自然生态不断受到破坏和侵蚀，淳美的“故乡”迅速从我们的记忆中消失。我和本书作者一样离开农村到了城市。我们经历并见证了一场历史巨变。我们应该以文字或其他方式记录下来。

我的祖籍和作者的故乡江西有所交集。旷姓源于黄，祖居河南南阳，唐中宗时，先祖黄贤为避祸，令二子改姓，长子旦改为“邝”，次子丞改为“旷”。天宝间，丞因诤事谪徙江西吉州。元初由江西泰和迁居衡山九字八区高岭清溪桥，明永乐十年迁入湖南湘乡东冲。农业文明循环不已，安土重迁，似乎是静止、凝固和永恒的。随着现代化的到来，那种聚族而居的生存方式、长期定居的生活和清晰的迁徙线索即将中断和消逝，族人在全球化的浪潮中随波逐流、飘泊四方。

十九世纪，在工业化推动下的资本主义全球化同古老的中华民族的碰撞中，中国被惊醒了。用马克思和恩格斯《共产党宣言》中的话来说，资本主义使农村屈服于城市的统治。城市代表着文明，农村意味着愚昧。一百年来，中国一个最重要的词，一个最大的梦想，就是“现代化”。而“现代化”的过程，对农村而言，就是一个“消灭”传统意义上的“农民”的过程。在现代，“土”由名词转变成为一个侮辱性和污名化的形容词。现代土-洋的等级关系代替和扭转了传统的华-夷秩序。这种对于海洋的崇拜和对土地的侮蔑在二十世纪八十年代的电视政论片《河殇》中达到了极致。

一九八零年，通过高考，我离开了农村。很多年以后，一位和我同一年考上大学后来成为了一家上市公司董事长的同乡在回顾农村的生活时说：“当年如果不能离开农村，我就会一头撞死自己。”我也从其他人那里同样听到过不少类似的说法。我充分理解他的这种情绪，当时许多农村青年内心都有这样一种强烈的、极端的情绪。对于年轻人来说，在相当长的一段时间里，“农村”一度是“苦难”和“绝望”的代名词。前苏联和中国等社会主义国家的工业化一度采取了不同于西方的“内部殖民”的方式，农村和农民长期成为剥夺和榨取的对象。一九八一年，路遥在他著名的长篇小说《人生》中描述了农村青年知识分子高加林在城乡之间的痛苦挣扎和无奈沉浮。城市和农村之间划出了人生深刻而重要的分界线。“文明和愚昧的冲突”成为了城乡关系的经典表述。

农村和农民永远是贫困、苦难、愚昧、麻木的象征。自古以来，中国传统农业没有摆脱过“糊口农业”的状态。一九五八年“大跃进”的结果是随之而来的三年大饥荒，很多人被活活饿死。饥饿成为我们成长的粮食。

二十世纪九十年代，中国加速融入全球化进程。在这一过程中，中国成为了“世界工厂”，数亿农民离开农村，来到城市，成为“农民工”。除了老弱病残，农村几乎所有有劳动能力的人都义无反顾地背离了自己的家乡。工业化和城市化、现代化的浪潮汹涌澎湃。中国的现代化，——换句话说，“消灭农民”——取得了惊人的成绩，中国的城市人口已经迅速超过了农村人口。在新世纪工业化、城市化、现代化加速发展的过程中，“拆迁”成为了一个重要的概念和景观。原有农村的衰败成为不可逆转的趋势，新农村建设方兴未艾。

二零一三年，贺雪峰将他有关农村研究的新书题为《小农立场》，鲜明地体现了与代表资本集团利益的厉以宁等主流经济学不同的立场。贺雪峰和温铁军等人从保守的、传统人文的立场出发，拒绝主流经济学激进的资本主义方案。他们主张维持既有的城乡二元结构，将农村作为“中国现代化的稳定器和蓄水池”。正如社会主义和资本主义对现代化、工业化以及城市和农村的态度没有任何根本的区别一样，实际上，贺雪峰和厉以宁对现代化的价值目标也没有本质的区别。不同的是，贺雪峰和温铁军的“小农”方案是让农民在“温饱有余，小康不足”的传统“糊口农业”中苟延残喘，以维持社会稳定。如果中国是一列高速的现代化列车，那么“小农”则是让列车从他们身上碾过的路基。人类有过资本主义和社会主义两种不同的现代化方式，资本主义曾经受到强烈的谴责和攻击，社会主义正在受到普遍的质问和诋毁，唯有现代化的信念我们一直没有动摇和怀疑过。与我们所处的普遍的知识氛围相一致，胡永良在

《自序：世间从此无故园》中对现代化依然怀着强大的信念："现代化是必须的，中华民族数代人的梦想，任何时候都无可置疑。"

一九八九年春天，海子的自杀被许多人赋予了象征和寓言的意义。海子以巨大的预感和极其纯粹的天才唱出了对于即将逝去的传统农耕文明的挽歌。他的诗中充满了麦地和村庄等传统农村的意象。海子诗歌中蕴涵的乡愁引发了人们普遍的共鸣。从根本上来说，海子属于浪漫主义的抒情诗人。浪漫主义是对于工业化和现代化的最初反应，是现代性的第一次自我批判。"回到中世纪" 成为浪漫主义一种重要的想象方式，"返归自然"成为浪漫主义一个有力的口号。海子也像那些浪漫主义的诗歌王子一样彗星般从天空闪过。

乡愁（Nostalgia）是浪漫主义的一个重要内容，是现代性的产物，是现代化生产出来的一种情绪。乡愁也是本书中一种重要的情绪，同时它也是打动许多读者的重要原因。本书是作者对自己的故乡林溪以及自己的生活经历和经验的记述。作者用文学的方式记录了对城市的憧憬、对农村的逃离，以及对故乡的消失的反应。作者为我们提供了一种重要的有关农村的生活经验和记忆。作者对农村有着爱恨交织的复杂和矛盾的感情。农村既是作者逃离的对象，又是作者眷恋的对象。农村曾经遭受了诅咒，然而，当作者进入城市之后，农村被对象化，成为了相对遥远的"风景"，成为了审美和抒情的对象。

农村和城市的分裂和对立造成了现代的病态和创痛。作者在农村和城市之间游弋徘徊，充满了矛盾和困惑。任何片面地赋予城市或农村优先价值的观点都是偏颇的。只有当农村和城市获得和解，重新建立亲密的关系，工业生产和农业生产、体力劳动和脑力劳动的分裂被克服，我们才有可能全面重建比较健全和谐的社会。

二零一四年七月二十一日

自序：世间从此无故园

三年前，我所居住的这座城市发生一起化工厂气体泄漏事故，刺鼻的有毒气体弥漫了大半个城区。有能力离开的居民，都想尽办法第一时间远走他乡，引发了一场不小的全城大逃亡。傍晚，同在城里居住的哥哥开车接了妹妹，又来接我一家人，连同孩子们，一辆普通小轿车里重重叠叠地塞进了九个人。当我们启动汽车下意识往老家开时，才忽然想起，自己的老家林溪村，此时正处在这场事故更中心的位置。星夜，平日繁华的街道上寥寥数人，居民区人去楼空，我们却握着方向盘在街道上惘然不知所往，有家不能回。那一刻，我忽然明白了故乡对于我的意义：故乡，是一个随时可以回去的地方，那里可以躲避灾难，可以抚慰心灵。

有好几年了，林溪的稻田、沟渠、山冈、森林正一点点地变成城区，一座又一座现代化的工厂在周围建造起来。林溪，已被工业文明的庞然大物团团围困。看得见的变迁，是绿色的旷野变成灰色的马路和漂亮的高楼；看不见的变迁，是林溪人的焦虑、惶惑和迷失。变迁带来的不仅仅是田园牧歌的消逝，更是生活方式的更新、道德观念的调适、责任感的重建、生存环境的恶化……林溪已不再是想象中的故园了。在现代化的进程中，她已失去了田园的美妙和野地的生机，她外在的面貌与其所承载的情感已经开始失衡，让我对故园之情的寄托，正逐渐失去有形的物质载体。

现化代是必须的，中华民族数代人的梦想，任何时候都无可置疑，而且随着全球化的加剧越来越紧迫。每一个村庄，都在期盼现代化来到自家的门口。但现代化真正到来的时候，我们却发现，它有时是那么粗暴，有时是那么偏激；它有时新旧杂糅，令人陌生；有时又悲喜交集，使人迷惘……也许是我们还没来得及准备好，也许是现代化来得太快，也许是我们所构建的现代化本身就并不完美。尤其让人不安的是，我在林溪所看到的现代化，并非出于林溪的自我生成和内在迸发，它更像是一阵从城市吹过来的秋风，吹黄了林溪这棵千年老树的绿叶。

这几年，我差不多每两周回一次林溪，亲眼见证了林溪的点滴变迁。村前有一块母亲经营了多年的菜地，四周是她年复一年修修补补、亲手钉下的木桩所围成的篱笆，园中是随着季节变换的各种碧绿蔬菜。年迈的母亲，生活没有太多的奢望，不少光阴都在侍弄菜园上打发。母亲常常打电话要我回老家，其中一个重要的由头，就是菜园中有新的蔬菜长成了。三年前，这个菜园连同它的篱笆被推土机悉数铲去，工厂一道数米高的围墙横亘在林溪的家门口，在野地里显得分外骄横和傲慢。

从篱笆到围墙，我看到了林溪命运的一个隐喻，也从中看到了当下中国大地上无数村落的命运象征。

生活在林溪的祖父母、父母和乡亲们，成了我观察林溪的窗口。从他们的喜怒哀乐中，我听到了现代化的秋风吹过林溪这棵老树时发出的各种声响。可惜我所能述诸笔端的，只是其中很少的一部分，还有更多的呐喊、呻吟、欢笑、惶惑……都被有意忽略或无意遗忘。我只是将照进我内心的很少一部分现实记录了下来，所思所感，也不过一己之得。然而在这过程中，我又无法阻止自己回溯时光，从中再次看到当年的自己——毕竟，我在林溪生活了二十四年，对林溪的每一个词语，每一道表情，都难免有着自己的气味与体温。而历史与现实的映照则让我问自己：林溪今天的结局，难道就是自己当年理想中的归宿吗？

数年前，有一段时间我突然疯狂地跟着祖父学习起五行命理来。排四柱、测八字、推用神、算命运……有板有眼，有模有样。而其实，并不是我对这些天干地支阴阳八卦有多大兴趣，我只是不想让年过九旬的祖父眼看着自己积累了一辈子的文化财产无人继承，不忍心让时代的变迁给世纪老人带来太多的人生幻灭。事实证明我错了。就算我能传承他的一生所学，我也无法阻止祖父一生深爱的原生态林溪村走到她最后的时光。时代的大潮滚滚向前，夹杂在其中的个人，常常难以逃脱被席卷的命运。

我的写作几乎与林溪的征地拆迁进行着一场时间的赛跑。去年底，就在我艰难地写作的同时，听到林溪传来消息：村庄所有房屋底下的土地已经被开发区征去了。这是林溪最后的土地！这是我们最后的家园！春节回到林溪，我发现村前屋后每一棵树都被砍过了一刀，有的折腰断头，有的露出枝干雪白的肌体。我问其故，村民回答说，这是上面给每一棵准备赔偿青苗费的树所做的标志，以后村里不许再栽树了，开春后就拆房子。邻居告诉我，有段时间网上盛传农村征地价格要涨十倍，上面风闻而动，就赶紧把地给征了。

世间从此再无我的林溪故园。余下的，或许只有心里久久不肯散去的记忆和纸上这柔弱无力的文字。

胡永良

序于江西新余光明花园

二零一三年三月

目录

第一辑　林溪之影

故园林溪

林溪是一个再普通不过的江南村庄。村庄不大，四五十户人家，不过三百上下人口。村庄周边低矮的小土丘，算不上是山，却又不是严格意义上的平原。疏松的红壤堆就的土丘蜿蜒起伏，显出优美的曲线。土丘上多生杂木，马尾松、油茶、楮树、苦楝树、乌桕和一些叫着土里土气名字的灌木。我经常想，如果从高空往下看，村子一定显得非常谦逊地踞在一个小土丘的东南一角，周围则是大片的田地。

村庄周围水田环绕。春天，水田蓄满了水，秧苗还没有栽下，在阳光下像一面面熠熠闪光的镜子，照亮了整个村子。水稻成熟时，晨雾中金色的阳光照着，又映得村子黄灿灿的。收割季节，打禾机（一种人力水稻脱粒机）低沉的喘息声，从一个田岗传向另一个田岗，响彻村庄的每个角落。

村后是一大片树林，高大的乔木多是常青的松树，矮小的灌木多是油茶，密密匝匝。只可惜，在二十世纪九十年代那一浪高过一浪的农业大开发中，树林日益缩小，最终全都开辟成花生地了。裸露的红壤上，夏天种着绿油油的花生，一垄一垄，整齐排列，有着图案的韵律；间或有几棵残留的油茶，在旷野里显得格外突兀。一到冬季，一畦畦荞麦花开，似一层厚雪覆盖，勾画出土丘胴体一般优美的曲线。等来年油菜花开时，村庄又成了金黄海洋中的一叶小舟。

村中多树。不说房前屋后，桃树李树，板栗桑葚，橘树柿树，这是家家都种，户户都栽的。苦楝、楮树、樟树、枫树、乌桕、泡桐，全都是自生自灭，却长得比桃李还多还繁盛，将一幢幢瓦房遮掩在浓荫之下。上学的时候，我从一个小土丘走到了另一个土丘，隔着水田回望林溪：一丛郁郁苍苍的树林，独立在水田中央，其间，红砖青瓦的屋舍隐约可见。

村中散落着十余棵苍老的大树。老树腰杆粗壮，需三五人牵手方可合抱。问树的年龄，爷爷说，他们小时候树就已经是这样的，而几棵更大的，早年已被砍去，用整段的树干做了油榨子。我常想，到底是先有这些树引得我们的先人驻足，从而在这里繁衍生息呢，还是树在村后，由开村的老祖宗亲手所栽？随着年代的变换，村里的房子不断拆旧建新，却始终没离开这些大树周围。即使今天，我在城里，只要一闭上眼睛，那些树，连同那些在树下度过的美好童年都历历浮现，哪一棵是楮树，哪一棵是枫树；什么时候落叶，什么时候会开出一树树的白色花，它们站立的姿势，风来时每棵树的飒飒声，我都能准确地回想起来。而那树顶上的喜鹊窝，我与小伙伴是掏过的，底下的树洞，我们是捉过迷藏的……

土丘与水田之间，一条小溪终年淙淙地流淌着，我们土话称之为“圳”。它环绕着林溪转了半圈然后向东流去，仿佛一只温柔的手臂，将整个村庄揽在怀里。几个池塘点缀在阡陌交错的稻田中央，像下围棋时留下的一个个“活眼”。一些狭长的沟渠纵横相交，将池塘相连，形成了一个完整的“水系”，一旱皆旱，一涝皆涝。圳边多柳、多竹、多木芙蓉。有一种竹子，我不知道它的学名是什么，乡亲们都叫它“六竹”，也许叫“绿竹”（六与绿在家乡同音），一簇一簇生在水边，每年六月（农历）才会长出新竹，一竿竿高高地撑起，像一条条“绿丝绦”，又像是千军万马高高挑起的旌旗。秋天，木芙蓉开出硕大而艳丽的花，多粉红色，也有洁白与水红的。这是我童年中见过的最大的花，有单瓣的，也有重瓣的。我经常摘了快要开的木芙蓉花苞，头天晚上三五朵插在灌满水的小墨水瓶里，第二天一早起来，花已全盛开，紧紧地挤在一起，变成了粉红的一簇，足以使年少的我爱不释手好几天。

村庄的历史难以考究。没有遗迹说明它的古老，也没有典籍记载它的昨天，甚至族谱也似是而非。它的历史已为时间所湮没，不易为人所知。但我相信它是承载着我的无数祖辈生息的地方，像承载过我的童年一样，他们在这里繁衍生息，日出而作，日落而息，渴饮其泉，饥食其粮，一辈一辈，薪火相传。

而今，古人已去，但他们当年生活的场景却在祖辈留下的一个个地名中沉淀下来，像一道道通往时光隧道的门，幻起我们的想象。村庄里，每一个田岗，每一条水圳，每一口池塘，每一片林木，都有一个独特的名字。我闭上双眼，一个个地名涌过来，在我的眼前闪过。麦土里，曾经可是一片金黄的麦子地？柿子树下，桐树下，今天已不见柿树与桐树了，但人们还这么叫，陌生人一听，以为这一定是柿树成林，桐树成荫吧？松里山上，塬里山上，昨天的森林已拓荒成了花生地了，苍翠的松树早已化作尘土。还有“三晋林里”“钟家井上”“上风”“下风”“下江”“长茂圳里”“门口土里”“虎向挂角”“棕树下”“韭菜园里”“窑厂”“乌龟坡里”等等。一个名字，就是一段历史，就是与祖先沟通的一道桥梁，就是祖先们一个不曾带走的记忆！这些记载着他们生活的名字，始终活在乡亲们的心里。当我今天坐在书桌前，默念着这些像鱼儿一样鲜活的名字时，村里的一沟一渠，一草一木，一条小道，一段木桥，又在我的眼前走马观灯似的活动起来。

林溪，一个生我、养我的村庄，一个记录了我童年的村庄，一个至今还在养育着我父母兄弟的村庄。

橘　乡

泱泱天地间，如果有一块被你称为“故乡”的地方，那里一定有着某些东西让你怀念，让你在低眉抬首之间，心海里泛起一丝轻柔的涟漪，会有某些常常在心头一闪而过的光影。这些东西已经融入你精神世界的血肉之中，宛如你从血肉中长出的指甲，从皮肤中伸展出的毛发。让你魂牵梦萦的那块地方，不再是一块地理意义上的方寸土地，几经人生磨砺，它早已幻化为你的一种精神图腾。

与人生很多最初始的记忆、趣味与情感一样，我对于“故乡”一词的理解，是从坐落于赣西红壤土丘间的一座村庄开始的。如果说人生是一条射线，那么这个村庄就是我人生射线的端点，一切由此开始。如果说，人是被上天抛到这个世界上来的，那么这个村庄就是自己从另一个世界到这个世界的第一个着陆点。着陆，然后睁开双眼，打量着这个世界，人生就此开始。这人生的着陆点就永远成了自己的故乡。

对人生着陆点之类问题的哲学思考，那是长大以后才有的事。幼小稚气的我是在触摸、聆听和品尝中理解自己置身的这个世界的。大约七八岁的样子，我并不知道自己正按照上帝的设计循序渐进对世界展开探索。我瘦小光洁的额头上渗着细小的汗珠，走遍了村前村后的每一条路，跨过了每一块石板桥，走过每家每户的檐廊，穿行过每一条巷同，甚至熟悉了每户人家的牲畜。后山的灌木丛林成了我的熟地，我知道雨后哪棵树下会魔术般生长出一丛丛红的、黄的蘑菇，熟知哪些树上挂着美味可口的果实，哪些地方经常有鹧鸪和斑鸠出没。我尝遍了村前村后各户人家院子里的果子：春末酸涩的李子，入夏时节脆嫩的毛桃，由紫而乌黑的桑葚，十月里带刺的板栗，秋天的鹅梨……我整天在村子里晃悠，寻找新的未知领域，希望发现一个新的世界。

这时，那棵橘树出现了。故乡第一次以橘子的清香、美味的诱惑和探索的紧张出现在我面前。

村前的小水圳旁，在几棵高大苍翠的柚子树的掩护下，站着一株枝叶浓密的橘树。从小伙伴们的描述中得知，它长出一种与柚子相似却更诱人的果实：它个头小，味道更甜，而且皮薄，可以直接用手剥开吃。小伙伴们都叫它“剥柑”。树正对着兵华家的大门口，兵华奶奶整天端坐在那幽暗古旧的老屋门口，用一双怀疑的目光打量着每一个过往的顽童，看守着她那近乎神圣的果实。这是个银发苍苍却耳聪目明的老人，一身古旧的青衣，佝偻着脊背，两眼空洞无物，好像身后的门洞，随时可能窜出一只黑猫，尖叫着让人颤栗。这让每个对橘树有非分之想的孩子都心生畏惧、望而却步。这是村里唯一的橘树，对于一个已经尝遍村里所有可以找到的水果的孩子来说，这是我需要攻克的最后一座城堡了，其诱惑力自不言而喻。我在村子里看似漫无目的溜达中，暗地里有了一个目标。我要伺机下手，只消一会儿的工夫，我就会像猫一样攀上枝头，完成我在梦里一遍又一遍演绎过的美事，在枝头饱餐一顿。可是，事实上我每次到兵华家门口都是快速地逃也似地跑过，那双深邃空洞的眼睛使我背脊发凉。我双眼快速扫过那株橘树：橘子红了，悠悠地挂在树梢，却从不理会一个孩子焦灼的渴望，在深绿的树叶包围中醒目得让人心痛。目标近在眼前，我却躲在老屋墙角后，远远地看着它渐渐成熟，一次次地让自己在想象中剖开橘皮，享受饕餮的快乐。

但突然有一天，我看到那橘树沉甸甸的枝丫伸直了身子，那橙黄的果实像我所有的希望一样已彻底离开了枝头。我眼睛里悄悄地噙着泪水，但却不敢告诉别人，只让微微的沮丧慢慢地吞噬着自己。

算来，这应是我在故乡较早遭遇的“挫折”之一。于我而言，它不仅仅是外部世界的事件，而成了我的精神事件，它是我对世界的探索道路上的一个印记、一道屏障。或许，这就是艰难人世在童年对我的模拟训练与预告？

若干年后，父亲不知从哪弄来一株橘树。我们把它栽在院子正中。看着树冠伞一样一日日舒展开枝叶，过去的怅然被日益充盈的期望慢慢冲淡。每到春天，它枝叶间就缀满了白色的小花，细细碎碎，挨挨挤挤，散发出浓烈的香气，引来无数嘤嘤的蜜蜂，让寂寞的院子一下子热闹了起来。一阵风吹来，花瓣纷纷落下，白了一地。不久，花儿落尽，枝叶下就藏着小小的绿色果实了。我们兄妹几人对橘树倍加呵护。施肥松土之外，傍晚或清晨绕在树前逐枝清点它的果实，成为我们那段日子里最大的乐趣。看着橘子一天天饱满、浑圆，由青而黄，由黄而红，满院子浮动着淡淡的橘香，日子似乎也甜润起来，让人沉浸在一种宁静的幸福与自足之中。直至多年以后的今天，我还常常将十月与橘香联系起来，当我在城市里见到第一筐橘子上市，我就会想起故乡，想起大自然中的十月，想到那被秋风渲染得五彩斑斓的丛林，想到那早已不存在的村庄后山上火红的枫叶和乌桕叶。

直到九十年代，村后大片荒芜的红壤，才被人辟为果园。杂树生花的灌木一一铲除，栽上了大片蓊蓊郁郁的橘树。一种新培植的蜜橘品种——新余蜜橘取代了早先的品种，高品质的蜜橘助推了产业化的进程，蜜橘走进了千家万户。这时的我，也不再满足于在一个村子里的探索，早已去乡远游，开始在城里谋生。也许是距离产生美吧，人在他乡，故乡的含义才渐渐明晰起来，关于那个村庄的点点滴滴的印象与记忆常常在远离故乡的地方交错、跳跃与叠合……而那遥不可及的橘子和自家院中的橘树，与村后满园飘香的橘林，则永远定格在故乡的容颜上，成了故乡在我心里不可割舍的意象，牢牢地嵌在我精神世界的深处。当我回首故乡往事，那里总立着一片橘林：广阔的红壤土丘，无垠的苍翠橘林，累累的橙黄果实，飘来绵绵的橘香……

可惜的是，几年前，村子旁建设经济开发区，村后的橘林被连片铲去，代之而起的是厂房广厦、通衢大道，农业文明的挽歌与工业文明的壮歌一起奏响，故乡的具象正一点点被蚕食。偶尔回到老家，看到那胴体一样优美起伏的红壤土丘，正被挖土机粗砺的机械手一点点推平，心中常常难以抑制地失落。我知道，终有一天，故乡将成为没有血肉的躯壳，虽然填满了现代工业文明的高大建筑，却没有一物会真正属于故乡。当村庄的土地覆盖上街区的水泥时，橘香，会引领我找到聊以自慰的故乡吗？橘香，依然是我辨认故乡的标志吗？

在林溪逛荡

我从睡梦中一骨碌爬起来，嘴角的涎痕尚未干透。门外，蝉鸣聒噪，正午发白的阳光刺得我眼睛胀痛。粗壮的梧桐树张开硕大的伞冠，静静地肃立院中。浓密的枝叶间洒下白瓷碎片似的阳光，在地上摆成了一幅幅抽象的图画。从南面送来的微风，越过村前大片的稻田，夹杂着稻谷灌浆时青涩的甜味和烈日中蒸腾出的植物汁液气息。

炎炎昼午，草木已经烤得蔫塌塌的。就是整个村子，也都沉浸在炎热的慵懒之中。向田野里望去，稻田上涌起一片浅黄，稻穗如亿万枝箭矢，齐刷刷地竖立，平整如切。空旷辽远的田岗上，看不到一个人影。我家的大黄狗正耷拉着头伏在地上，静静地看着阳光从屋檐上投下的阴影在地上缓缓移动。正午的村庄显得空荡荡的，似乎是一座在战争中放弃了的空城。

我为这样的昼午所沉醉。尽管我额头上稚嫩的毫毛尚未脱去，但我对村庄的角角落落已有几分熟悉了。林溪村在不同季节、不同天气下的面孔都吸引着我好奇的眼神。眼下这昼午，她特有的静，她的空旷，以及空旷中透出的神秘，对于年少的我，都是极大的诱惑，令我蠢蠢欲动。

大人们还在午休。我顺着心里升腾起的莫名诱惑，忽然有了奔跑的冲动。仿佛有一种无可名状的声音在村庄里、田岗上大声地召唤着我。我循着这无名的声音，悄悄地溜出了院子。

在知了巨大聒噪的掩盖下，村庄四下里显得十分安静，看不到任何人与兽、禽与虫的影子，只有树、草、房屋、天上的太阳与头上的白云在村子里对视着。这是一天中十分难得的宁静片刻，与热浪之下那些树丛中潜伏着清爽的阴凉一样令人神往。我抬起头，一束阳光透过梧桐枝叶的空隙打在我的脸上。但我无暇顾及，我的心中一直在追寻着那若有若无的神秘的宁静。

院子外，像海洋一样广大的阳光挥霍地照耀着，地上的黄泥土路晒得滚烫滚烫。我赤着脚丫行走，稍微的停顿，泥土的滚烫便会让人难以忍受。穿过一片不大的竹林，我沿着一条几近被野草淹没的土路直向南行。从翠绿的竹枝间挤身而过时，一阵凉意从脚底下升起，直达我的心里——至今，我还能感受到它的存在，在热烈烧烤的世界，任何一丝清凉都会令人终生难忘。当我走出竹林，完全站在烈日下时，我的全身突然变得热辣辣的，似乎有千万只蚂蚁在我的皮肤上撕咬。我不禁全身一阵颤抖。接着就是灼热，遍布全身，一大堆火焰悬在我瘦小的头顶上，并一直跟着我行走，跟着我奔跑。我一路汗如雨下。额头上的汗珠滚落下来，我从嘴角尝到一股浓烈的咸腥味。

出了村口，过了石拱桥，我循着机耕道往前走去。平坦的稻田，除了池塘边的几棵树干虬曲的老乌桕树，空荡荡的田岗里就我一个人。左边是稻子，右边也是稻子，机耕道的尽头还是稻子，就是整个村庄，也是在稻子的包围之中。林溪就常常这样悬浮在稻花的香甜之中。此刻，稻田是低矮的，匍匐的，而我是高大的，挺立的。我忽然感觉到自己原来如此高大伟岸，成了这大片田野里的王，俯视着这万千棵芸芸众生的稻子，就如一名将军检阅着自己的千军万马。偶尔一阵风来，千万枝稻穗一致向某个方向轻轻倾斜，但风一止住，它就立即恢复了原状，直直地站立着。整个稻田在风中此起彼伏，宛如一片汪洋大海在风中轻轻地荡漾，耳边是稻穗与它利剑一样的长叶儿相互摩挲时发出的“刷刷——刷刷——”的低唱，宏大而又悠长。

滚烫的土路，灼烧着我的脚底，令我无法停留。额头上涔涔的汗水挡不住我的奔跑。从机耕道到水渠路，再到弯曲的田塍，越深入稻田深处，路就愈加细小。这些纵横交错的道路，织就了一张四通八达的网。只要愿意，我可以顺着它们到达田岗的任何一个地方。我似乎漫无目的，却又有所寻找。我不停地奔跑，跑过捞鱼塘，跑过凉井里，跑过鸭婆田里，然后向左拐，跑过十亩丘……这些地方都是我所熟悉的，每一个名称范围之内，都有一小块是属于我家的田地。我曾经无数次地守候在田埂上，在夕阳中看着母亲在田地里低头弯腰劳作。我不知道母亲站在田里具体是怎样劳作的，她对这些禾苗施展了怎样的魔法，但我知道，正是母亲的劳作，让这些青青的禾苗，转眼就成了一片金黄的稻子。母亲是不是把它们当作家里的鸡鸭狗猫一样喂给它们食物了呢？

看着立在地里的稻子，我生出一种抚摸它、抱搂它的冲动。它是母亲的宠物，自然也就是我的宠物。我伸出手，一边沿着田塍奔跑，一边拍打着稻子。稻叶与稻穗快速地碰撞着我的手掌，在我的手掌上划出了一道道印痕。那时，我还不知道细长的稻叶边缘有着细密的锯齿，足以轻易切开我尚未经风霜打磨的皮肤。在这碰撞的疼痛之中，我内心获得了与稻子亲近的无与伦比的畅快，并立刻浮在了脸上。

在棕树下，我终于停下了脚步。我有些累了。棕树下，是个名副其实的地名儿，这儿确实尚有两棵细细高高的棕树，不像村庄西头那个叫柿树下的地方，压根就没见过一棵树，更不用说柿树了。棕树旁边是一棵刚长成的苦楝树，碗口那么粗。树下一纵一横两条水渠交汇，淙淙的渠水从远处的新水堤、老水堤两座水库一路缓缓漫流过来。

疲惫袭上来了，我仰面躺在田塍上。在树底的浓荫下，一种沁心的阴凉重新回到了我心中，让我对这棵苦楝树顿时生出几分感激。现在，手掌上稻子的割痕，已渗出了血迹，和着汗水，微微有些疼痛。但我并不恐慌，于我而言，这样的磕磕碰碰，在村里行走是经常发生的，磕破脚指头啊，被树枝划伤啊什么的。但我自有处理办法。我随手扯起身边的一棵“辣椒草药”，一把捋下它的叶片儿，在手掌里搓成一团，放入口中细细咀嚼。一股苦涩的草叶味差点呛出了我的眼泪。我忍住呕吐，赶紧咀嚼，待草叶儿成了碎末再吐出来，敷在手掌的割痕处。随着最后的一阵疼痛，血红的伤口被染上了青草的绿色，并开始结痂。我知道，即使再严重的伤口，“辣椒草药”也一样可以止住流血，我不止一次地看过大人用它敷住被树枝划开的伤口，敷住被石头绊伤的脚趾头，敷住砍柴割稻时误伤的手指。一株村前屋后、田间地头生长的普通植物，竟蕴含这么强大而神奇的力量。

我口渴难耐，刚才咀嚼草药留下的苦涩加重了我的渴望。现在，我面前解渴的办法有两种：一是到菜地里摘一个瓜吃，一是在渠里掬一捧水喝。眼下正是“称砣瓜”成熟的季节，不远的地方就是我一个伯伯家的菜地。那里满地都滚落着这种锥形的小瓜，它饱满圆润的形象令人垂涎，我甚至从空气中分辨出了从地里飘来的瓜香。但我还是选择了喝水，倒不是担心摘瓜吃算“偷”，而是吃瓜不够解渴。我满口的草药味，更需要的是水。我跳入渠中，对着水流来的方向，两手并成一把小勺，掬起清水送入嘴中。一股泥土腥味搅和着甘甜一并下肚——它与井水的唯一区别就是多了一分浓重但并不呛人的泥土味。

我已经从村庄的南面踅到了村庄的西面。在樟树下，我停下来看看我家的菜地。这块面积只有三分的菜地，辣椒、茄子、豆角、称砣瓜、西瓜，郁郁葱葱，占据了菜地的大部分；韭、葱、蒜被挤到一边，但勃勃生机却一点也不比前者逊色。在半垄西瓜地前面，我停留了片刻。满地攀爬的藤蔓伸展开来，一个新结的西瓜，毛茸茸的，遮盖在两片龙爪形的瓜叶下。龙爪似乎时时都在呵护着这颗幼稚却拥有未来的种子。这让我想起与哥哥打赌的事。那天，爸爸招待从镇上来的两位客人，让我和哥哥去地里摘个西瓜回家。我和哥哥扛着篮子回家，经过一条小沟渠时，我脑子里突然冒出一个想法：西瓜在水里会不会浮起来呢？哥哥认为会。可我觉得，如此溜圆的东西，怎么浮得起来呢？我们并没有赌什么，只是为了验证自己认为无比重要的答案。哥哥将篮子里的西瓜往渠里一扣，西瓜顿时跃入水中，溅起一朵不小的水花，但同时发出了一声清脆的断裂的响声——西瓜碰着了渠底的石头，碎裂开了，猩红的瓜瓤在清澈的水中格外新鲜可人。我不记得最后是哥哥还是我赢了，也不记得这个西瓜是否最终送到了那两位客人手中。但这都已经无所谓了，重要的是我和哥哥曾经做过的试验，那是我们对这个世界最早的探索，对这个神秘世界最初逾越界线的窥探。

穿过樟树下的菜地向西行，我蹒跚着行走在狭窄的田塍上。展现在眼前的是一片深绿的棉花地。在我看来，它们不像庄稼，倒像是森林。每一棵棉都是一棵树，每一丘棉田都是一座森林。茂密的枝叶，占据了棉田所有的空隙，我的视线难以穿过这些枝叶看清它们底下阴凉潮润的泥土。我不知道鸟儿是否能钻进它的深处，或许它们也只能从它的表面掠过？站在这大片的棉地面前，我忽然感到有些恐怖，觉得在这些枝叶交错的棉树底下，在这些看不见的森林深处，一定潜伏着某种神秘之物，凶猛的怪兽、妖邪的精怪，或是某个故事中的山神，随时可能从中蹿出，大喝一声，狰狞地挡在我的面前，就像村里传说中的鬼怪一样。

当然，我也看到了棉的花朵。不管在什么时候，什么地方，花朵总是处于人们注视的焦点。它们点缀在棉树浓密的枝叶中，浅黄、粉红、米白，轻薄的花瓣，开得有些腼腆，有些虚幻，有些鬼气。我觉得它更像是纸花，那种只在花圈上开放着的纸花，那种与细婆婆的死亡同时出现的花朵。我害怕这样的花朵，自小如此——一次，母亲在棉地里锄杂草，我坐在田塍上玩耍。我摘了狗尾巴草，倒提着长长的茎干，抖动着它，让狗尾巴在地上滚动，伪装成毛毛虫诱捕小青蛙。我沉浸于这样的游戏之中。不知过了多久，当我重新抬起头时，才发现自己被小青蛙一步步引诱到了棉田的深处。四周都是青青的棉树，寂静中听不到母亲劳作的声音，满眼都是死亡般苍白的、粉红的纸花。我觉得自己好像处在花圈包围的坟墓之中。恐惧让我惊叫了起来。母亲不知从哪里赶过来，紧紧地搂着我抚摸，用母爱擦拭着我满眼的泪花——于我而言，棉的花朵具备所有花朵的性质：它是一种诱惑，一种陷阱，它妖艳的外表只是为了迷惑人，解除人的警惕，然后在看似美好的过程中将人引向深渊。

我应该是奔跑着经过这片棉地的。记忆叠加恐惧，让起了鸡皮疙瘩，一阵强烈的冰冷从心底下侵袭过来，耳边呼呼的风声又再次加重了我的紧张，让我短时间内忘记了脚底下泥土的灼烫。穿过棉田，我一口气从门口土里，跑过了桐树下，跑过龙背上，跑过了三晋林里——高过人头的棉树，挡住了我的视线，但却没有让我迷路。像村庄里的每一个少年一样，我的心里早已经装进了林溪村的整个地图。庄稼、道路、沟渠、树木、池塘，以及空中飞来飞去的鸟，地上来来往往的家禽家畜，都是这地图上的一部分，放到了我的心中，构成了一个完整的迷宫似的世界。在林溪村的迷宫里，我从来不曾迷路。

翻越一片红薯地，我往北面奔去。薯地里惊起一只红腹野雉，从我眼前低低地翻飞而过，“唧唧”的叫声越来越远，最后消失在了前面的花生地里。野雉的出现，将我引向了塬里山的那片花生地。远远看上去，数百亩花生地连成一片，随着红壤土丘缓缓地起伏，有如几个凝固的绿色波浪，波峰与波谷似乎还在不停地起伏变化之中。但仅仅把它当作一片花生地就错了，它其实也是许许多多野生动物的乐园。在它成片的庄稼地里，常常潜伏着麂子、黄鼠狼、野兔、野鸡，甚至还有果子狸、穿山甲。看似四周一片静寂的地里，当你经过时，突然“轰”的一声，惊起一只不知名的鸟，抖动着长而漂亮的尾巴，忽高忽低，远远地飞去。或者响起一阵窸窣的声音，从中蹿出一只麻灰的野兔，绕过花生地中间的几棵油茶向远处遁去。这时，要是华春家的那头白狗在，一定会闪电一样追去，扭动它豹子似的矫健身姿消失在树林深处，不时传来一两声犬吠。不久它就会嘴里叼着一团麻乎乎的东西大摇大摆地回来，宛如一个凯旋的战士。有好几次我亲眼见它捕捉了野兔回到华春家，野兔竟然还尸首完整，等主人给野兔开膛破肚之后才捡拾主人扔给它的一些碎肉。夏末花生成熟了，全村的人都在地里劳作，拔花生，摘花生，满山人声喧闹。有时，偶尔窜出一只兔子或黄鼠狼，在人群中惊慌逃命，大人小孩都会放下手中的活去追赶一阵，整个原野上人声鼎沸，响起此起彼伏的喊声：“捉住！捉住它！”最后，野物钻进了油茶林，人们空手而归，但兴奋之情与喜悦之色却在人群中久久不会散去，给枯燥的劳作平添了几分乐趣。而眼下，这里还沉浸在静寂之中，随着季节的变化，花生的叶苗正由浅绿渐渐转成深绿，根部还缀着几朵亮黄细小的花儿。当花儿谢时，花蒂会越抽越长，最后像针一样插进底下的泥土，果实膨胀起来，地底下就有了收获的景象。

我从塬里山的东头进入，穿过花生地和油茶林，出来时已到了山林的西头。太阳已经偏西，挂到何当村的大樟树上了，热力在慢慢地退却。我的脚底下拖着自己长长的影子。前面又是一片稻田。从一小块一小块的稻田中，我辨认出属于我们的那块三角地。我曾经跟随父亲来这儿劳作过。那是一个清晨，太阳还没出来，田埂上杂草的露水，濡湿了我的膝盖以下的裤子。我坐在山与田的边界上，看着父亲调教一头刚刚套上犁绳的小黄牛。小黄牛似乎不太听话，很费了父亲不少工夫，半天都没有犁出多少地。我还不懂父亲的用意，只是静静地看，耐心地等，看着小黄牛怎样不情愿沿着父亲设计的路线在地里来回地拖着犁走。累了，我就捉草丛中的蚱蜢，捕小青蛙，用长长的草叶儿编草辫子。后来，我发现了山边缘的一截树桩。这是一棵刚刚锯去的松树树桩，它平整的切口上正往外渗着油脂。那时，我刚好在课堂上学到了“守株待兔”这个成语故事。我忽然觉得古代那个故事在眼前复活起来了：山林、田地、树桩、耕田的人，一切都回到了当时的场景。父亲或者我，正是那个守株待兔的人。自那以后，我每次走过这儿，都会想起这个成语故事；而当我读到这个成语，又常常想起这一片田地；每次到这片田地里，又会不由自主地抬起头，看看那树桩旁边是否真的有一只带着体温、刚刚撞死的兔子——这片田地就这样进入了我的精神地图。

我明知传说中的那只兔子此刻不可能再次出现，但我还是情不自禁往那儿看了一眼——依然什么也没有！

再前面就是何当村，那棵巨大的樟树遮天蔽日，突兀地伫立在田野之中。我不能再往前了，于我而言，那是一片陌生的区域，我的脑海中没有越过大樟树之外的地图，那是属于别人的村庄，我只属于自己的林溪。

只要不逾越村界，在林溪，无论哪个角落我都能自由地行走，因为村庄本来就是我的，我是村庄的主人；村庄是我们的，我们村里每个人的。只有越过自己的疆域，才可能面临迷路危险。

我发现自己走得太远了，我得回家。趁着太阳还没有完全收回它的热力，我赶紧折身返回。远远看到一个熟悉的村庄就在前面。上面是白云与蔚蓝的天空，在天际线上起伏的树影轮廓中，在一片稻田环绕之中的林溪，是那么恬静与安逸。那里有我的家，有我的父亲母亲和兄弟姐妹。

村口，大黄狗亲热地甩着尾巴迎上来，一个劲地往我身上贴。

三月菜园

一垄绿油油的雪里蕻，被母亲一棵棵连根拔起，抖抖泥土，整齐地码放在椭圆形的秧篓里。之后，母亲会用一个上午的时间，细心地切去菜根，在村前的池塘里洗去菜叶上残留的泥屑。中午，院子里阳光发白，空气温热，搁在树杈间的几根竹竿上，就会倒挂着晒满这种青菜。

收走雪里蕻后的菜园顿时空旷了许多，仿佛冬去春来，人们脱下厚重的棉衣，显得轻松自在。雪里蕻严严密密地覆盖了一冬的泥土立即裸裎在温热的太阳底下，潮潮的，有些蓬松。雪里蕻白胡子似的根系抓起的一团松土，将几只粉肉色的蚯蚓带到了地面。但很快，它们一伸一缩，有节奏地各自匍匐着钻进了草根下松软的泥土。几棵高大的雪里蕻超过了秧篓的长度，被父亲拦腰折断塞进了篓中。饱满的汁液从断裂处汩汩地渗出来，空气中弥漫着浓郁的青菜气息。

所谓菜园，不过是一块仅三四畦菜蔬的巴掌大地方，宽三四米，长约十米，一侧枕着一渠不足丈宽的浅水，一侧紧靠着三米高新做的围墙。去年，村里被开发区征去三百多亩地建工厂，父母经营多年的老菜园也在其中，现在正被这道围墙圈着。冬天，父亲发现这儿有点空地，舍不得浪费，便牛耕手挖，和母亲整整劳作了三天，开辟成了菜地。父亲又砍来几杆青竹，劈成片，斫成段，围成一段篱笆，菜地便俨然一个菜园。韭菜、香葱，这些只有多年经营的老菜园才有的品种还来不及栽种，而速生的白菜、萝卜、荠菜、卷心菜、黄芽白，却长势汹涌，很快绿色就覆盖了整个菜园。

三月多阴雨。一开晴，矮白菜和白萝卜的茎干便突突地往上蹿，不几日，就占据了菜园的最高视角，高高地擎起一支支黄亮黄亮的火把，和远处田岗上大片灿烂的油菜花遥相呼应。荠菜和卷心菜要安静得多，它们将鼓荡的春风点燃的情欲紧紧地扼在体内，在不动声色中使自己日益饱满、粗壮。大蒜的绿色长剑渐渐转黄，顶部有些锈迹斑斑。地上爬满艾草，细小椭圆的叶子毛茸茸的，湿润而泛白，好像总是噙着露水。草丛中，几只不知名的小昆虫缓慢爬行，默默地打量一下这个新奇的世界，不久又隐身匿迹了。偶尔三五只身着黄袍的蜜蜂造访，嗡嗡嗡地摇动着菜花，说着只有它们自己才听得懂的溢美之词。

雪里蕻的收获，预示着菜园维持了一冬的秩序和白菜萝卜们组成的错落有致的风景即将迎来大的变局。不久，父亲会将全部的绿色刨掉，独留下正抽薹的大蒜，以收获四月的蒜条和五月的大蒜子。父亲重新松土，修垄，赶在四月之前重新布局一番。种豆种瓜，栽韭栽葱，早已安排妥当。短暂的裸土之后，一角新的风景就要出现。

枕边的渠水有些浑浊。再过一两个月，江南的雨季就要来临。某个清晨，父亲会发现一夜暴涨的渠水已与菜地平齐，污水裹着白色塑料和空矿泉水瓶子，正冲刷着这片菜园。

林溪之冬

十 月

1

当我的笔端流出“十月”这个词时，我鼻尖底下掠过一丝沁人的果香。淡淡的，宛若游丝，似有似无。我使劲地倒吸一口气，想用我的鼻腔尽情地享受这气息，努力从空气中捕捉这十月的气息，分辨这十月气息的来路。顺着这沁入心肺的果香溯源寻去，我会抵达一个什么样的果园呢?

放在我十月里的，是南方一片飘香的橘园。橘园在缓缓的山坡上。和风日丽，秋阳斜照。茎干被阳光洗刷白净的草地上，飘浮着浓郁的枯草芳香。我踏着被枯草湮没的田埂，穿过一片稻子收尽后留下的空荡荡的稻茬地，往山上的果园去。橘子已经橙黄，依然苍翠的叶子，再也藏不住它养育的孩子，纷纷从它的腋下探出光洁调皮的脸庞，偷偷地窥视着纯净的蓝天。我无处下脚，不得不用脚暂时分开那些手挽着手过于亲密的枯草，好让我的脚迈过去。无意间，打扰了一对正如胶似漆抱在一起完成传宗接代使命的蚱蜢，“扑扑”，两只叠在一起的虫儿既跳不高，也飞不远，落在旁边的草丛中。枯黄的外袍，使它们完全融入了草丛，成为这深秋的一部分。

丰收与成熟，是十月留给我们的永恒印象。此时它不是方方正正画在纸上的苍白汉字，或者从喉咙中发出可以振动空气的两个音节。它们是有声有色有味地存在的，鲜活的。它们弥漫在清凉的空中，沉浸在清瘦的水中，从脚下的泥土到我们敏感的舌尖，从树梢到草根，从伫立的庄稼到那些虫儿不停的歌唱中，宛如枝头的橙子沉甸甸地挂在阳光下，红薯般饱胀鼓裂地藏在泥土里。十月是熟透了的秋天。它熟得恣意汪洋、酣畅淋漓。秋雨过后，天空蓝得深远，洗得碧净。那些颜色洗刷到哪里去了？莫非是顺着秋雨将颜色涂抹到了林间与原野？着火的红枫、漂白的枯草、褐黄的梧桐……秋雨一笔抹过来，整个世界着上了秋色，只有很少的常青树才能幸免。从田岗中劳作归来的父亲说：“只有天，才能做天大的事情。”不是秋天，谁能将十月渲染得如此缤纷？

清晨，田岗间的薄雾从池塘里升起，弥漫疏散开来，填充了田野的空旷。村庄还没有苏醒过来，后山林子里的雾霭慢慢地聚积，模糊了秋天艳丽的浓妆。一头昨夜迷失了归途的牛犊，一身雾水，站在村口用稚嫩的童声呼唤母亲。新的一天开始了，十月的秋色从朝阳最先照耀的老树树冠徐徐展开。

2

八月其获，十月陨萚。

十月，是个生离死别的日期。那无边的萧萧落叶，仿佛离人簌簌而下的泪花。如果说九月的风是离别的预告，十月的风则是诀别的铃声，一次紧似一次地催促叶儿们，逼迫着她们放下紧执着的双手，似乎在喊叫：“走吧，走吧，天下哪有不散的筵席！”偏偏是这边又不肯松手。她们留恋在树梢，哪怕是和树再多说一句话，再多看一眼。树也舍不得自己的孩子，她紧紧地攥住她们的手，千叮咛万嘱咐。开往冬天的火车就要启动了，它已按下了铃声……几场风雨过后，我听见树与叶生死欲绝的号啕，响彻整个心灵的天空。

繁华摇落，删繁就简，地上一片狼藉。当孩子们都离去了这个空巢家庭，只留下树母亲孤零零的身影。

好在摇落的不仅是树叶，还有各式各样的种子。它们已经钻进了脚下松软的泥土。是它们，让绝望变成了等待，让死变成了生，让结束变成了开始。

3

门前的菜园在越来越深的秋寒中日益衰败而变得荒芜。地上到处爬满南瓜苍老的匍匐茎，坚硬而干枯的茎干，像一个瘦得皮包骨头的嶙峋老人。仅存不多的几片叶子无可挽回地呈衰败之色。茎的前头还在不知疲倦地伸展，吐出新鲜翠绿的茎芽和铁丝一般的须爪，但大势已去，砭骨的秋凉已经使它羸弱多病。母亲说，这蔸南瓜今年夏天结瓜数十个，终成正果十五个。母亲说话时，那十五个南瓜正卧在仓库里和一堆红薯亲密交谈。

丝瓜是园中另一位在十月失意落拓的君子。第一场秋风起时，它就瘦了一身，憔悴地攀附在一棵苦楝树上。现在它完全失去当夏时的踌躇满志、风流倜傥，藤蔓松弛地牵着，显得疲惫不堪。它穿着一件过时的旧衣裳，完全是一位过气的政客模样，就连它几个老了的丝瓜，虽然硕大无朋，却无人问津，吊在风中无聊地荡来荡去。小时候听父亲讲：要是天不打霜，丝瓜就可以一直长下去，如果有绳子垂下来，一直可以长到天上。后来，我总是充满憧憬与期待，幻想有那么一年，老天忘记了打霜，忘记给人间的严寒。

但秋寒还是年年都来，而且那么准时。十月，风中寒意渐锐，似乎一把木刀终于百炼成钢，闪着明晃晃的寒光，更加具有穿透力。从皮肤切入到肉体，由肉体切入到骨髓……

七月在野，八月在宇，九月在户，十月蟋蟀入我床下。寒冷每进一步，我就像蟋蟀一样后退一步！在大自然面前，谁能抗逆？

4

稻子熟了，必遭刈割；橘子红了，必遭采摘。一颗熟透了的柿子，接下来就会软掉，直至完全腐败。《易》曰：亢龙有悔。十月，当金色的太阳将大地渲得无比丰富、多汁时，一年中最令人留恋的时节，就要不可逆转地逝去了。难怪浮士德曾在理想实现之后禁不住由衷地感叹：“你是真美啊，请停留一下。”

可时间不会停留，任何美好的东西都不会永久地停留。从沁人心脾的果香中，我分辨出一缕枯草腐败的气息。

冬 月

荒野疏林间，枯叶的腐败气息越来越浓，果香不知什么时候已经悄然飘逝，变得难以分辨。寒气越聚越重，凝成了薄暮时的清露。它最早从指尖进入了我们的身体，游走在身体的每一处，也游走在万物间。来不及休息的双手在潜藏着寒气的水与泥土间劳作，皮肤紧紧地收缩，终于皴裂开一道道粗糙的口子。

冬月的田野平静下来，该回家的庄稼们都回去了。北风从此独自拥有这个广阔的跑马场，日夜兼程地赶路，半夜踏过村子时，发出呜呜的响声。

父亲终于可以整日地呆在家里。但在家并不就意味着无所事事。一家人围着笸箩坐成一圈，或挑拣白棉花里的杂质，或一颗一颗地剥花生，或将茶籽仁从壳中挑出……只要勤快，照样有做不完的事。只有在阳光温煦的上午，父亲才扛起他那柄快要生锈的锄头侍弄冬菜地，往地里撒菜种，白萝卜、红萝卜、冬白菜、红心菜、雪里蕻。或者，牵出那匹换了一身油亮皮毛的黄牛，在冻期来临之前将稻田翻耕一遍。有时，也领着我到屋后低矮的后山上砍些早已掉光了叶子的灌木作柴火，或用开山斧劈那些手腕大小的木柴。木柴撕开，露出雪白的皮肉，被父亲整齐地码在屋檐下。这些，都是在不紧不慢、从容悠然中完成的。冬月，本来很少有什么心急火燎的事等着你，正如冬月里不大变化的天气，什么事都是不动声色地缓慢地变化、进行的，就连院落子里的老母鸡，也学会在晴朗的日子里，放慢节拍，悠游地踱着方步。

丰收过后的冬月是闲适、恬静的，宛如一个功成名就的老人，并不会因自己年事渐高而有些许的不平与躁动，看着满堂儿孙，一生的风雨坎坷，在眼前都化作烟云。

这是一年来谷仓最满的时候，离饥饿最远，离富足最近。躺在成堆的粮食下，让人想起拴在树下的老牛，现在终于从劳作中停下来，在反刍中细细地体味日子的滋味。一年下来，那些紧张劳碌中来不及体味的，都留到了现在；那些牵挂着庄稼收成一刻不敢懈怠的心，现在也放下了。

寒来暑往，秋收冬藏。我扛着铁锹跟父亲来到了后山，在缓坡处找了一块不会积水的地方。“就选这儿。”父亲说着，一锹下去，新鲜的红土刨出来，一尘不染。松软的红壤让我们不费多少工夫，就挖出了一个半米深的土坑。母亲用细篾箩筐挑来了晾干的芋头、红薯，背来几捆稻秆。这些红薯是我们今年冬天吃不完的，干燥的稻秆将它们围起来，这样，它们就可以在土坑里过上一个温暖干爽的冬天了，直到来年春回人间。铺下了最后一层厚厚的稻秆，我们将挖出的泥土往回填，踏实，踩紧，然后离去。不用担心不劳而获者的偷挖，只要不漏水，明年春天，它们一定还在原地等我们。

下窖，酿酒，腌菜，制豆腐，冬月的日子丰润而舒缓，像天边矮矮地旋转着的太阳，慵懒，沉静。

腊 月

腊月的野外在我的记忆里显得模糊、松散。这缘于它逐渐暗淡的色调和日趋消散的沉寂。除了雪花偶尔垂临时带来一丝亮光，田野沉浸在大片的灰暗之中，灰色的大地连接着低低的铅云，太阳被北风吹得脸色苍白，缩进了阴云的衣领中。田间偶尔露出一垄葱郁的青菜，或在路边枯草丛中"扑"的一声被路人惊飞的麻雀，都足以让人怦然心动，伫立良久。当然，模糊的印象可能来自另一个原因。寒冷将我驱回到了屋内。我已没有多少时间去观察田野里一天光影细微的变化，去聆听它呼吸的气息，去触摸它跳动的脉搏。

这样的时令，我喜欢将视线从田野、山岗中收回，放回到内心的世界。我离开内心的自己已经太久，我将自己放逐太远了。在时光之河，我被春的芳香夏的苍翠秋的缤纷裹挟而去，在不知不觉中，我对自己变得日益陌生。现在我得回去，我听到腊月深情的召唤，声音穿过空寂的旷野呼喊自己的名字。

腊月在一个人心里远比野外更为丰富多彩。

人总是生活在这样两个交织的世界：一个是身外的世界，拥有空气、阳光和水，它赋予我们生命，养育并最终接纳我们的肉体；另一个世界则潜伏在我们的身体之内，它是一个真实的虚拟世界，没有时间与空间，但却比大海更深邃比天空更广阔，让我们肉身的躁动得以抚慰。它们构成了生命之河的两岸，一个是左岸，一个是右岸，护送着我们，不让我们从时间中溢出。顺流而下，我们总是将视线放在两岸养育我们身体的庄稼、田畴上，让身外花花绿绿、色彩迷离的世界在膨胀中吞没了心灵。而腊月，农具大多都被束之高阁，双手不必劳作，双脚停止奔波，眼睛松懈，耳膜清静，这样，我回到了自己，从右岸来到了左岸。

腊月里进行着一场看不见的收获。庄稼的收获季节早已过了，但并不意味着所有的收获都已完成。腊月收割的是我们自己。在某种意义上，我们自己就是一棵一年生庄稼。我们在春天将希望与梦想作为种子播下，用勤奋和汗水作肥料，小心地呵护它，培育它长大，历经夏秋，然后，在一年将尽的腊月，我们坐在火炉旁收割自己，像收割一棵庄稼，从地里搬回家，翻晒，然后将自己放在腊月通红的炉火前检验成色。丰收还是歉收，饥馑还是丰裕，被炉火照得清清楚楚。得失成败、喜怒哀乐、酸甜苦辣都在心的底片上清晰地显影。尽管这种显影有时是那么不自觉地进行的，有时连我们自己都不曾觉察，薄如一声轻微的叹息。但它确实在我们的心头如风拂过。在叹息间，抖落了所有蒙蔽心灵的污垢，留下我们纯粹的影子。

时间很多时候都表现为影子，尤其是过去的时间，它总是影子一样地缥缈，浮动在心头。它是一个被压缩的世界，压缩成一张薄薄的纸。腊月，我面对的就是这样一张属于自己的纸，昨天是印在纸上的历史。纸张平滑，纸上的文字难以捉摸，虚幻迷离。

寒冷与腊月是无法拆散开来的一对词语，宛若一片叶子的阳面和阴面，即使眼前的江南也不例外。在大自然规律面前，人很多时候并不比动物的境遇要好。寒冷逼近，当动物的皮毛日渐浓密而脂肪日益丰腴时，人们身上的衣物也越来越厚，变得庞大臃肿，行动迟缓。但这只是表面现象，我宁肯相信，腊月留给我们的温暖，远远胜过任何一个季节。它远不是炉火的烘烤或太阳的照耀能够到达，它来自我们的心灵深处，是岁月的关怀和土地的赏赐所激发的感恩力量，充溢在我们的全身。

窗外的雪花纷纷造访，不久就磨平了那些突出的棱角，模糊了所有刚性的物什，世界变得简洁明了。耀眼的光亮，令人眩晕。我相信它足以穿透冬天所有事物的内心，直达本质。弄清事物的本质并不是件容易的事，它离不开某种光亮的照耀。这种光亮有时是阳光、月光或灯光，有时是宁静的心境，有时则是善良、智慧和勇气。

忽略过程，把所有的希望寄托在最终的结局上，当然并不可取。生活的要义在于过程的绚丽多姿而不仅仅是冲刺的刹那快感。尽管如此，腊月临近，一年快要走到终点时，我仍然常常难以抑制胸中血液的沸腾，心怀感激，倚窗窥视着大地在纷飞的雪花中缓缓旋转，走完最后的旅程，进入一个新的轮回。

村庄的底面

1

一个从村庄经过的人，看到的只是村庄的表面。枯树新绿下的屋宇，挤于大片稻田之间的菜蔬，清水荡漾的池塘，缓缓行于机耕道上的黄牛，在低矮的灌木丛中刨食的芦花老母鸡。更用心一些的过客，或许还能记得养猪场边臭烘烘的猪粪味，从飘落一地的白桐花里体味村庄的清香，听一个女人村前村后喊儿子的小名，或有人唤一只狗，赶一群不肯进圈的小猪仔……村庄和那些不懂得用防晒霜美白净来装扮自己的村姑一样，总是素面朝天对着来往的任何人。一个摇着拨浪鼓的货郎或挑着担子收破烂的生意人，从村庄西头进去，东头出来，就看清了村庄的大概。

只有久住村庄并依泥土为生的人，才能透过表面，深谙村庄之间的不同。比如，一个村庄的人说话轻声轻气、温文尔雅，而邻村的人却嗓门大、气势足，大大咧咧、无所顾忌；一个村庄的房前屋后种桃栽李，果树簇拥，而邻村则樟桐楮杉，树木成林成材，完全是另一番风景；一个村庄家畜兴旺，里巷间牛哞犬吠，而邻村却鸡鸭成群，夕阳下一派祥和……

风从一个村庄吹往另一个村庄，将尘土与气息搅和在一起；一粒种子被麻雀衔来，经年后在另一个村庄长成一棵大树；一个村庄的一头公牛，也会无意间将自己的后代延续到另一个村庄；一个村的姑娘，常常成为邻村的媳妇；当一个村庄添丁时，邻村也就多了一个外甥……除了脚下的泥土，几乎没有什么不可以在村庄之间流转。只有泥土才不会轻易从一个村跑到另一个村庄，它在村庄的屋舍、草木、庄稼之下，静静地躺着，成为一个村庄不动声色的底面，暗含着村庄模糊的历史，模糊的荣耀，模糊的悲伤与患难。一个村庄与另一个村庄的不同，正如一座冰山与另一座冰山的不同，在它平静的表面之下，是底面更大的不同。

2

一块隐匿于泥土中的瓷片划破了我的手指，将长久以来不被我注意到的村庄的底面翻开了。我很惊讶，自己在村庄生活了二十多年，竟对底下这个偌大的世界熟视无睹。

随着一阵锥心的刺痛，食指指端渗出一小股殷红的血，温热的，顺着指根滴下，掉进了脚下的泥土。手指是在我扒开泥土栽种棉花时划破的。看着血滴渗入泥土，刹那间，我好像顿悟了自己与这脚下泥土的关系，那些无法用语言说清的与土地的冥冥关联，在眼下的一幕已全部了然。泥土不动声色地接纳了我的血滴。这是我在向泥土还债，还是还愿呢？我知道，这血液本也非我所有，它本是从泥土中来。泥土给了我血肉之躯，总有那么一天，它还要收回去。正如庄子所说过的：大块载我以形，劳我以生，佚我以老，息我以死。现在掉下的几滴血，不过是我身体中先一步赶回去的一小部分而已。它是不是在我将手指抠进泥土时，首先感受到了泥土故乡的召唤而急不可待赶回去的呢？

这是一块白瓷碎片，三角形，锋利如刃，与泥土紧拥着。这样的瓷片村庄里随处可见，它们和那些同样俯拾皆是的残砖断瓦一样，早已成了泥土的一部分。想想，一个世代栖居的村庄，一块世代侍弄的田地，哪一撮泥土没有被人脚踏过、被锄头翻动过，又有多少泥土曾从地里带回村庄，又从村庄运回地里呢。村庄的人们去了一茬又一茬（现在是我这一茬），他们说过的话，喊过的号子早已消失在遥远的风中，甚至连他们自己的身躯也早已化成了泥土。更不用说他们的房屋、衣物，甚至用过的器皿、镰刀、锄头、开山斧，饲养过的牲畜。时间将它们驱赶到了一个我们看不见的角落。可瓷片似乎躲过了时间。这是不是缘于它无与伦比的光洁和顺滑呢？对于瓷片而言，时间或许只能驱散它，却不容易将它驱离。当年那只浑圆的白瓷碗，蓝青花边，一定有过无数粗砺的手掌抚摸过它，无数焦灼的眼睛渴望过它；一定是它将那些盛世的酒、菜、米饭以及饥荒中的稀粥、红薯、野菜汤送入我们祖先们的身体。然而坚硬的时间终于来到。我似乎听见时间深处那声尖锐的脆响。银瓶乍破。四散迸裂。白色的花瓣飘飞，一百瓣或一千瓣——白瓷碗逃散了，从有到无，从实在到虚无，从村庄的表面，逃逸到它的底面。今天，时间早已赶走了无数庞然大物，却再也拿一块白瓷碎片没有多少办法了，它已成了村庄底面最坚硬、最耀眼的一部分。

3

吸纳了我血液的泥土不是变得更红了，而是更黑。幽幽的黑。

一滴血能肥沃多少土地呢?

村庄的山坡上没有开垦过的荒地是红色的，而世代耕作过的土地才由红而黑。一粒泥土从红到黑，需要多少汗水，多少血液，多少动物植物们腐烂的尸体呢？而整个村庄又需要多少呢?

村庄的底面，是一个巨大的容器。所有从村庄的时间之河流过的东西都留下了它的影子，或者残骸。倘或谁有足够的耐心，且恰巧掌握了村庄的密码，相信一定能将那些逝去的事物从中悉数找回。

4

可密码往往并不为人所知，很多关于村庄的密码都被那些逝去的人永远带走。去年，村里一个后生忽然开回来一辆笨重的挖掘机，掀开他家老屋荒草丛生的断壁残垣。在挖掘机的一阵粗气中，机械手准确地从两米多深的泥土中端起一只完整的陶坛，金灿灿的铜币满满一坛。无疑，他是少数获得了关于村庄底面密码的人。

其实，即使没有密码，扛一把锄头，朝村庄的任何一个地方挖下去，同样能或多或少辨认出村庄的一些底细。比如，在村子的中央，院前路旁，挖出的多是陶片、碎瓷、残砖、湮没多年的断墙，让人遐想起这儿有过的纷繁生活。倘若在后山，一锄下去，掀开的一定是新鲜松软的红壤，这是尚未开垦过的处女地，只长树木不长庄稼。显然，这儿不曾留下过人们太多的踪迹，人们也不曾向这土地要过粮食，最多，它只以青青绿草喂养过他们的牲畜。要是在田地里，一锄翻过来的黑土中，常常爬满血管一样粗细不一的植物根系，红的、白的、粉的，纵横交错；偶尔也有一两只切成了两段的蚯蚓，或弹跳着翻腾，或扭曲着缩成一团；如果翻起了面貌丑陋的蝼蛄，它会很快就从泥土中四通八达的宫殿中逃遁……村庄底面的世界本是如此鲜活。

田头就是累累坟茔，一座一座堆积着高过田地，长满葱郁的荒草杂树。村里的人到了年寿，时间就将他们统统移居到了这里。他们仍是村庄的一员，以另一种方式居住在这个村庄，使得村庄的底面更加肥沃、厚重，同时也让人更加牵挂和忧伤。

林溪风物·农具

水车

上世纪九十年代，林溪村连续好几年大旱。早年修建的水库虽然还有水，可水渠已经连年失修基本拥塞了。人们眼巴巴地看着水库窝底的水无法流进龟裂的稻田。自那一年，以前只在历史书上看到过的“水车”，忽然跨越千年的时空在林溪重现，几乎成每家每户必备的农具。那些成年男性肩着水车在村里转悠，将水车伸进池塘、沟渠、水库，将村里大小池塘的水源源不断地抽进了稻田里。为了种植水稻，我们一家也不知用水车抽干了多少口池塘的水。

水车的主体是一条狭长的水槽，车身长三五米不等，一端放在水里，一端对着稻田，几十节长长的龙骨上每一节都串着方形木挡板，绕着两端的转轴，在狭长的水槽里向上移动，带着水流入了稻田。

宋应星在《天工开物》里，对水车有详细的记载："天泽不降，则人力挽水以济。凡河滨有制筒车者，堰陂障流浇于车下，激轮使转，挽水入筒，一一倾于枧内，流入亩中，昼夜不息，百亩无忧。其湖池不流水，或以牛力转盘，或聚数人踏转。车身长者二丈，短者半之。其内用龙骨拴串板，关水逆流而上，大抵一人竟日之力，灌田五亩，而牛则倍之。其浅池小浍，不载长车者，则数尺之车，一人两手疾转，竟日之功可灌二亩而已。"

读罢这段文字，怎么看怎么都觉得他所写的就是我家的那台已经不用的樟木龙骨水车。

戽斗

戽斗是另一种常用的浇灌工具。它用起来虽然比水车效率低，但却因构造简单轻巧而灵活得多。戽斗本身仅由一长柄、一竹斗组成，竹斗大约像纵切半个水桶的形状，用竹篾扎成，紧紧地捆在长柄一端。

当田头水渠里水位太低流不进稻田时，戽斗就派上用场了。人站在水中，紧握长柄，一斗一斗地将脚下的水装起，浇入稻田中，如此重复的劳动，就是所谓戽水。如果起个大早，到日头一杆高该吃早饭时，一个壮劳力大约可以戽一亩的水稻田。

戽斗也常常用来“涸泽而渔”。将池塘或沟渠的上游来水用泥巴做成堘挡住，然后用戽斗将水一斗一斗戽尽，水落而“鱼”出，活蹦乱跳的新鲜鱼虾就都无处可遁而束手就擒了。

戽水浇稻是件艰辛而枯燥的劳作，戽水抓鱼则是趣事乐事。有时为了浇稻，我们将满满一池塘水戽去了大半，这时，如果不是农事太急，我们会一不做二不休，干脆把池里的水全部戽干抓鱼。戽水浇稻变成了戽鱼，看着鲤鱼、鲢鱼、草鱼、鲫鱼、鲶鱼在越来越少的水中露出脊背，心里自然无比愉悦，早已忘记了劳作的艰辛。

夏季去田岗巡查稻田，我们肩上一般扛着两把农具：一把是镢头，一把是戽斗。那几年，我们到底用坏了多少把戽斗、戽了多少亩地的水，已经记不太清了，只记得常常因为长时间在水中戽水，脚上爬了好几只吸血的蚂蟥，脚指头浸泡得皮肤起了皱褶。

镢头

在林溪劳作，没有哪一件农具比镢头用得更加频繁，也没有哪一件农具比它更简单：一根约与人齐高的长木柄，底端套着一块与木柄成九十度角的铁板，板面有锋刃。镢头可耨、可挖、可斩、可钩、可锤，凡是需要动泥土的活儿，它都可以干。在熟练者的手中，它简直是农活的全能主义者。

每个成年农民都有一把相对固定的属于自己的镢头，这把镢头与他身影不离，把柄被他的双掌磨得溜光，刃口也在使用中被泥土打磨得锃亮，泛着白色的金属光泽。他熟悉这个镢头的脾性，适应了这把镢头的角度，再复杂的农活都能用得上。这把镢头在他的手里中翻转如飞，灵活自如，好像获得了生命。扛在肩上，镢头柄常常当作扁担使用；搁在地上，镢头可以当作农民累了休息时的坐靠；遇上蛇鼠等害类，它可能还要变成了农民们手中的武器。

一些小农户可能会没有耙与犁之类的农具，但却不会没有几把镢头的。镢头是林溪最基本、最实用而且必不可少的农具。

没什么急迫的农事的时候，农民都喜欢扛着一把镢头在地里转悠，以致“扛镢头”成了农民务农的代名词。村里人知道我在学校读书成绩好，就常常勉励我：好好读书，将来扔抛这个镢头把去！十六岁那年，我考上了新余师范学校，成了“吃工资”的人，村里人奔走相告：永良扔抛了镢头把！

开山斧

这是所有农具中最响亮最阳刚的一个家伙。名号叫斧，其实它不是斧，而是镢头家族的一名成员。它与镢头的区别在于，它的刃面长、宽、厚，握到手上有一份沉甸甸的感觉。如果说镢头是一辆小汽车，娇小玲珑，那么开山斧则是一辆大卡车，磅礴有力。顾名思义，开山斧的功用主要是用来“开山”的，即开挖生地。在那些杂草丛生的荒地上，你想要用镢头开出片熟地来，必定事倍功半，还磨得人手上生茧起血泡。开山斧一抡起，土地立即会变得温顺许多，一斧下去，泥土下面雪白的杂草根系就在翻过的泥土上暴露出来了。

实行家庭联产承包责任制的第二年，林溪村塬里山上成片的红壤荒地都开辟成了花生地，其中不少就是开山斧当年显赫的功勋。

开山斧其实是个闲者，大多数时候，它都无事可做，常常和一些老农具堆躺在杂物间里，任灰尘覆盖蛛网缠绕。

两齿与耙钉

镢头和开山斧的刃面，适合对付泥土，倘是需要侍弄秸秆、杂草或砂石之类，则要用上齿钉形式的两齿与耙钉了。

两齿的结构太过简单，以致你看到这个名字时就能想象出它的全貌：长柄的一端，只垂直套着两个长长的钉齿。在一些坚硬的砂石或板结的泥土上，开山斧因刃面太宽而无所作为，两齿却能深深地扎进土中。因为只有两个齿钉，用力集中，齿钉轻易扎进了坚硬的砂石，再用力撬动长柄，一块硬土就挖松了。显然，这里凝结着创造者“有所为有所不为”的博大智慧和《劝学》中反复强调的一个基本哲学观念：用心专才能有所作为。

耙钉是两齿的延伸，或者说，两齿是耙钉的简化。与两齿不一样的仅在于，耙钉通常有四到五个齿钉。这样，当它面对秸秆杂草之类物什时，便能更加灵活地抓住并进行撕、拖、翻、展、均……每年开春，我们要将用猪屎沤烂的稻草肥料施到稻田里，就得先用耙钉拖出猪舍，再拖到稻田中间。

七岁那年，我和哥哥一起干活，我笨拙地操纵还未能驾驭的耙钉挖土，一不小心挖在哥哥的脚板上。锋利的钉齿刺穿哥哥脚上的黑色胶鞋，直钉到脚板下的泥土里。我吓坏了，以为自己闯了大祸。可最后哥哥脱下鞋子检查才发现，齿钉只是从他的两个脚趾头的中间穿过去的，脚板竟完好无损。

禾镰

小时候老师教我们唱儿歌：弯弯的月儿像镰刀，挂在天上微微笑。而我却觉得，应该是镰刀像新月儿，因为不是先有了镰刀才有新月，而是先有了新月，人们才按照她的样子做成了镰刀的。

禾镰确实酷似初一初二天边的月牙，细长而弯，内侧有锋利的锯齿，一端嵌着短短的木把手。端午过后，天气连续维持高温，空气中飘着稻谷灌浆的清香，青碧的稻田渐渐着上了一层浅黄。村里的大荷树下，那个打铁的准时支起了炉膛，风箱拉得呼啦啦响。“磨禾镰——打禾镰——”小铁匠绕着村庄吆喝，悠长的声音在村前屋后回响。

人们纷纷找出收藏了好几个月不用的禾镰，交给小铁匠重新敲打或锉锯，做好准备迎接一个丰收季节的到来。

像镢头一样，在林溪，每个农民都有一把自己手熟的禾镰。七月，稻香飘飘。开镰了，田野里处处闪着禾镰的亮光，人们挥舞着禾镰，身后是那一排排割倒在阳光下曝晒的金色稻子，等待打禾机上场。

打禾机

打禾机，在林溪也叫禾桶，书面语或许可称为水稻脱粒机。自七十年代以来，我在林溪见过的打禾机有三种，用现在的话也可称为三代。七十年代使用的第一代脱粒机，其实就是一个方形的木桶，一两平方米大小，五六十厘米高。为防止谷子外溅，使用时常常还要在木桶三面围起约两米高的竹簟。人们站在打禾机的一面，拿着稻子往桶壁上甩，谷子便哗啦啦地往桶里掉。这种脱粒方式太辛苦，效率也太低。八十年代土地实行家庭联产承包制后，一种脚踏式的打禾机出现了。方木桶里多了一个滚轮，滚轮上交错地钉了一排排的铁锥。人们用脚蹬脚踏板，通过一组齿轮带动并加速滚轮飞转，铁锥就将谷子从稻秆上打落下来，连同打落的稻叶掉落到木桶底。每到收割季节，田野里处处是禾桶的轰响，响彻整个村庄，以致多年以后，我还是自然地将这种特殊的声音与丰收联系起来。后来，村里的青壮年都外出打工去了，蹬脚踏板的人越来越少，打禾机改为柴油机驱动，哗啦啦地响，这便是第三代打禾机，脱粒效率也大为提升。

没有历经稼穑艰辛的人，只看到金色的稻浪和山一样堆起的金黄稻谷而讴歌丰收，却不知道这其中还有许多细致而艰辛的劳动。

前些年，每到稻子收割季节，马路上都会开来一批批水稻收割机。只要舍得花上每亩一百元钱，收割机就会开进田里，不足一两天工夫，数亩稻子便从收割到脱粒到扬尘一次性全部完成。旧的打禾机多数被束之高阁了。偶尔一两户人家在外打工没及时赶回，收割机已经开到别的村庄去了，打禾机才会重新派上用场，在稻田里吃力地发出“扑哧扑哧”的喘气声。

《天工开物》之《攻稻》中历数了稻子脱粒的几种方式："凡稻刈获之后，离稿取粒。束稿于手而击取者半，聚稿于场而曳牛滚石以取者半。凡束手而击者，受击之物或用木桶，或用石板。收获之时雨多霁少，田稻交湿不可登场者，以木桶就田击取。晴霁稻干，则用石板甚便也。"这些稻谷脱粒的方式，至上世纪末才逐渐有了变化。常听人感慨中国历史之慢，在此，或可见一斑。

风车

林溪有这么个谜语："像牛不吃草，像车不会跑；刮风不下雨，吃谷又吃米。"这个谜语，说的就是风车。

林溪的风车与堂吉诃德的风车是风马牛不相及的。说得科学一点，林溪的风车是用来分离谷子与秕谷、米与糠的一种设备，主要原理就是让谷子可以控制地从漏斗中往下漏，在漏下的过程中，用风扇制造风，将秕（没有米粒的空谷子）从谷子中吹开，使穰（饱满的谷子）与秕从不同的口子漏下，最终达到分类、除杂质的目的。

风车四条腿，与人齐高，确实像一头站着的牛。风车结构稍复杂些，要不是有图片来说明，得费多少篇幅才能说得清楚啊。

风车的使用历史大概也比较悠久，《天工开物》对风车之用就甚为称道。书中说：“凡去秕，南方尽用风车扇去。北方稻少，用扬法，即以扬麦黍者扬稻，盖不若风车之便也。”同时，书中还特别附了风车使用的图例。

风车造起来费工时，费木材，对一户农民来说，算是较大的建设工程了。直到九十年代初，父亲才下决定请木匠造了一架，从此结束了与别人家合用风车的历史。春节，我们在门口贴红纸时，都会给安静地站在仓库里的风车也贴上“五谷丰登”或“风调雨顺”几个大字，期待来年有个好的收成。

竹簟

用竹篾编织成的薄垫，长约二丈，宽约一丈。使用时，展开铺在平地上，用于晾晒各种农产品，如稻谷、花生、棉花等等；不用时卷起来放置，也不占多少地方。

夏收季节，林溪村前屋后的空地上铺了一块一块的竹簟，竹簟上铺晒着金色的稻谷，远看去就像绿色的草地上打着一块块金黄的补丁。秋季多晒棉花，阳光下，竹簟上的棉花堆，与天空中飘过的云朵交相辉映，让人觉得有时候是天上的云在飘，有时候又宛若地上的棉花或整个村庄在缓缓移动。

竹簟一生与阳光为伴，全身吸收了太多的热量，即使在寒冷的冬天，它沉默地立在墙角，散发着阳光的味道，摸上去是那么温暖和爽朗。

犁

犁是所有农具中最古老的一种吧？想想混沌初开的远古先人，面对一块杂草丛生的荒地，首先下地的农具应该就是犁。犁是大地田园的开拓者，是满仓粮食的创造者，是人类向土地致敬的先行者。当锋利的犁头插入泥土时，荒野从此变成了田园，土地从此有了主人，大地从此开始与人们的生命联系起来。

人离不开土地而活。城里人不懂耕种，但一切吃穿住用都可追溯至农民的耕种；农民耕种依靠的是各式农具，而犁是所有农具的前锋。犁首先将泥土翻松，然后各种农具才能上场，十八般“农”器，精耕细作也好，广种薄收也好，都是在犁翻过的土地上侍弄。没有犁的开拓，哪会有后面的各种耕作呢？说到底，我们每个人，无论你身居何处，都没有离开那架被时光磨得锃亮的铁犁。

你一定见过犁那向上挺起的曲辕，它宛如地里劳作的农民面朝黑土背负天空而拱起的脊背，成为土地上最美的背影。一架犁，犁头向下伸进泥土深处的同时，曲辕却没有忘记面向辽远的天空。

犁其实也是人。林溪村三百七十七亩稻田，哪一寸土地没有被犁抚摸过？哪一寸土地没有被林溪一代代农民的双手抚摸过？

耙

耙与犁一样，都是挂在牛背后的农具。

耙与犁，这对古老的兄弟，在农事中并肩劳动密切协作，就像马克思和恩格斯一样，因着共同的事业结下了伟大的友谊。犁翻耕土地，耙将翻耕过的土地铺平、打碎，给种子和庄稼铺一席平坦细腻的温床。耙和犁一起，共同完成了土地翻耕最初的工作，共同创造了一个种子温暖的梦床。耙从新翻的土地上梳过，杂草、树根都滤去了，留下纯粹的泥土，就像经过淘洗的砂金，土地的成色更纯了。

有犁的地方就有耙。这对身影不离的兄弟，在林溪的田地上来来往往，年复一年。在它们经过的地方，你都会看到一片葱郁的绿色。

蒙蒙细雨的初春，到林溪来的人常常看到：在因蓄满水而明镜似的稻田间，一个农夫身披蓑衣，手执牛鞭，肩头一头挑着犁，一头挑着耙，赶着一头老黄牛，在细长的田埂上缓缓前行。

第二辑　林溪之痛

城市梦想

七月严寒

于我而言，一九九二年的夏天是寒冷的。从城市重又返回乡下，我几近实现的城市梦想戛然而止。我仿佛突然掉进了冰窖，周遭的世界如寒冬一样冰霜严酷。好长一段时间，我都恍恍惚惚，心如土灰。

三年的师范生活被我打成了两捆严严实实的包裹，挑回了老家林溪。走在回村的机耕道上，正午的阳光耀眼得发白，但我内心却依然感到三冬的严寒。回到乡下，回到林溪等待分配到某一个乡村小学。我感觉自己正与理想背道而驰。理想在城市，而我却一步步退回泥土地的乡村，远远地，我看到路的前头等待我的依然是林溪那千百年来容颜不改的田埂、水渠和村舍。城市，对我而言成了最大的泡影，转瞬即逝，越来越远。一种落魄的失意深深地揪紧了我。

回到林溪家里，我把自己关在屋子里蒙头大睡。梦呓里，短暂的城市生活的过往，化作一幕幕陆离的场景，相互交错着、晃动着。青春焕发的少年、和蔼可敬的师长、和我一样土里土气的同学、似是而非的朦胧爱情、乘坐了无数次的3路公交车、滚动的篮球、修剪得干净整洁的花圃、林荫道、路边从来没人坐过的石凳、201寝室、八九级三班最角落里的教室、满地石子的操场、阶梯教室高陡的台阶、袁河文学社的油印杂志……相互叠加着、翻腾着向我涌来，像席卷而来的汹涌海潮，压迫着我、裹挟着我在痛苦与无望的海洋中沉浮！我的世界一忽儿晦如暗夜，一忽儿又挤进了一丝微弱的亮光。

理想之灯已幻灭。我静静地躺着。母亲以为我太疲劳了，一直不来打搅她儿子。直到第二天，她才俯在床边轻声地呼唤着我的名字叫我吃饭。我从梦呓中醒来，看见母亲满脸愁结的脸庞。我确实感觉太疲劳了，宛若重病初愈地虚弱。走出房间，门外耀眼的阳光发白地亮，刺得我眼睛都张不开，但仍感觉寒冷透指背脊。与梦境不一样的是，眼前这天上浮动的云朵、地上静默的物什是那么明白清晰，院子里的泥土、杂草、瓦砾、苦楝树、绿竹，都无一不在证实：这就是林溪。这是我三年前告别的地方，带着欣喜与荣耀离开的地方，是我百倍地爱过但又千般逃离过、诅咒过的地方。这里不是城市！眼前的场景是那么熟悉，连阳光直射下空气中灰尘的舞动都那么真切。但眼前这一切又是那么陌生，恍如隔世般地遥远。

在那个酷暑七月，我遭受了最严酷的寒冷。

母亲在厨房里忙碌着，不久就给我端上来一碗香葱面。母亲似乎想说什么，动动嘴唇但终于没有说。她那苍老的脸上写满了茫然。趁着浓郁的菜香，我饿狼般地扒上几口，一股暖流洋溢了全身。我心里一酸，豆大的泪珠哗哗地从眼眶里滚落下来，叭嗒有声掉在热汤里。那刻，我突然明白，我的一生所求，不再是去做一个城里人，而是报答我那被无休止的农事劳作所困厄的、日渐苍老的父亲母亲。

那年，我十九岁。

地平线上的城市

大约十一二岁光景，我和兄妹已经学会跟着父母在地里劳作了，种豆、插秧、割稻、整垄、锄草、摘棉花……我们都是好帮手。我们得从小学会干这些力所能及的农活，为今后做一个合格的农民作准备。倘若谁家的孩子十二三岁了还不会做这些农活，就算不会受到父母亲的责难，邻里们的嘲讽却是免不了的。而有些孩子因为天才式地学会了赶牛犁田这样的成年男性农民才能胜任的农活，自然要受到远远近近人们不绝的赞许。

毕竟我的年纪还小，懦弱而稚嫩的腰身怎驮得起沉重的农活？俯在地里干活累了，我抬起头来，常常极目远眺，透过澄明的空气隐隐约约看着远方天际线上城市的影子：平坦的田畴尽头，陈列似的排着错落有致的楼宇，细长高耸的烟囱突出来，夕阳西下，给城市制造了一幅美丽的剪影。

对我而言，那是另一个没有打开的世界，遥不可及，虚幻缥缈；又是一张尚未冲洗的彩照底片，尚未在我面前展开它多彩的姿态。但我已在想象中将它打开了无数次，我已经让它汇聚了世界上所有美好与荣耀，所有幸福与尊严，所有快乐与希望，所有神秘与未来。

当我再次弯下腰去劳作时，这幅美妙的图景从我视野中消失了，但却映入了我的心里，在我心中打下了烙印。在这样一次次的俯仰之间，一个关于城市的最初念想就深深地嵌入了一个少年的灵魂。

在林溪，这样的念想又何止存在于我一个人的心里？我扛着锄头在田埂上走过，锄柄长过我的身高，在肩上摇摇晃晃。这时，“包公”叔叔挑着一担土肥从对面过来，总会慢下脚步，用他不紧不慢的语调对我说上几句：“后生，下蛮读书，长大了不要作田，作田受苦！”他说话的语气永远在调侃与认真之间的暧昧地带，让人感觉既亲切又郑重。要是遇上财生伯伯，他便免不了眨着小眼睛说几句表扬的话：“后生，做事蛮勤快呢！”一次，我与父母在三晋林里种豆子，刚刚收割过早稻的地里，泥土被翻耕过，干爽细嫩。我负责扎土窝，窝铲在我手里飞也似的点着泥土，鸡啄米一样在窝铲后留下一排整齐的土窝。这时，国生伯伯过来了，看着我的动作，大肆表扬了一番：“后生，做事是蛮好，要是读书也有这样好就好哟。”听着村里这些德高望重的长辈们的话，我心里的自豪感油然而生，觉得自己总算在同龄人中没有落后，该我做的农活我都会。在村里，我获得了一个少年应该得到的肯定。但这些话里却始终蕴含着劝勉我长大后不要作田的意思。难道他们心中也有一幅关于城市的图景？也有那种对农村生活的超越梦想？

城市，在我很小的时候，就已经成为我身边广为流传的一种神话。虽然，其时的我并不懂得理性思考城乡差别之所在，并不知道在政治上农民只是四分之一地享受一个城市公民的选举权；经济上农民被统购统销的经济政策钳制得快喘不过气来；文化上因农村的所有精英都被城市一网打尽而日益走向衰亡与沉寂。但城市作为另一种生活、另一个世界、另一种尊严而存在，作为一个黄金般的理想、一个遥远的目标、一个对岸、一个不容置疑的未来在我心中存在。它像一棵树一样栽在我的心里，随着年龄的增长，它渐渐长大，枝繁叶茂，占据了我心中大片的阳光领地。在岁月的匆匆流转中，我很多梦想或者丢掉了，或者忘记了，但关于城市的这个梦想，却越来越清晰，越来越直接地立在了我的眼前。

与农村相对的城市，已经远远不是一个空间的概念。它已经被我们赋予了太多的政治优势、经济优势和文化优势，甚至它还饱含着人格的优势。我小学的一个同学，成绩特别好，是老师同学们公认的尖子生，在我们的心目中，他最值得炫耀的当然是长大了肯定要进城当城里人。他但凡与同学吵架，嘴上占不了便宜，情急之下必定要抖出自己的撒手锏——说：“你算什么，老子长大了进城吃工资，你进不了城。”这时，我常常看到对方一下子就蔫下去了，似乎理亏了一样黯然离开（尽管命运的捉弄，此后他虽然进了城，却很早就成了一个城市下岗工人，生活得并不很好）。这话比任何骂人的话、任何讲理由的话、任何强迫人的话都更有力量。为什么？现在看来，想必它在当时至少包含了以下内容：第一，它以城里人高尚而乡下人卑微、城里人高人一等而乡下人低人一等为基本的潜台词。第二，它在心理优势上战胜了对方——我虽然现在不是城里人，但我是个“将来的城里人”，你却是个将来的农民，你是下级的、低等的，你只能干着脏活累活度过一生，而我却高高在上，享受着你或你们提供的劳动成果。第三，它侮辱了对方，将对方定在“农村”这根耻辱柱上不得翻身，进了城的是老子，没能进城的是孙子，一个乡下人再嚣张也没什么用，不过是孙子的嚣张而已。

狭窄的道路

据说，只有少数命好的人，才能成为城里人。有人找爷爷算命，两手提了沉甸甸的四特酒、锦江酒，不只是问健康、问前程、问婚姻、问财运，还要问可否有城里人的命。我看到爷爷一会儿在纸上写着什么，一会儿又掐指推演，念念有词，甲乙丙丁戊己庚辛壬癸，子丑寅卯辰巳午未申酉戌亥，金木水火土，东西南北中。看着客人满意地拿着爷爷的字条儿回去，我想爷爷一定在纸上把他们的命运都排定了。

我一直想让爷爷也给我算算，早点揭示命运的密码，省却我不必要的心力。爷爷那时还是个很严肃很神秘的人，不大和小孩说话。我几次壮了胆去找他，但刚进他摆满药瓶和有无数抽屉的中药柜的屋子里，看到他一脸严肃，话到嘴角又咽了回去。一次，又一个从外县来的客人要算命，爷爷似乎很高兴，和客人谈笑风生。我突然不知哪来的胆子，问爷爷我是否有城里人的命。爷爷板起了脸孔，说：“小孩子，问这些干啥！”吓得我从此再也不敢提起半字。

我只能将疑问藏在心里，等待机会揭开命运的密码。

一个普通的农民如我，如何能从千万个甚至亿万个农民中得到命运的特别眷顾而成为城里人呢？这成了我生活中一个巨大的空洞，似乎时刻要从我心里塌陷下去。

我从城里亲戚那里认识了城里人。我的两个堂兄弟，还有几个表姐妹，他们都是城里人，穿着城里孩子的校服，很洋气、很干净，人还很聪明。暑假，他们会来到林溪。他们的到来，使林溪有了节日一般的快乐和生趣。他们告诉我很多闻所未闻的事情，他们跟随着村里的堂兄弟一起去捅马蜂窝、抓鸟雀、放牛，有时甚至还去池塘或水渠里戽鱼，充满了童年的快乐。这使得林溪单调而安静的日子忽然获得了一种前所未有的意义与生趣。我自然十分羡慕他们，但他们却同时成了我心中的一大疼痛：他们是属于城市的，而我属于乡下，一种距离感不自觉地横亘在我们之间。这触动了我敏感的神经，多年后，我才知道它就是自尊。可是，他们有一种不容置疑的理由成为城里人：他们是城里人的子女，他们的父母是城里人，所以他们也是城里人。那时的我尚未获得理性的力量，也还未发展出自己的判断能力，对这种先我而存在的东西没有任何批判的勇气与智慧。但我有自然的情感，这让我直觉到了这其中深深的不平等，是不平等在伤害着我。

甚至有那么几年，我常常在心里无理地责备母亲。要是母亲是城里人多好！而偏偏，母亲曾经确实一度是城里人。上世纪五十年代后期，母亲还在城里的粮食部门工作，守着一个粮仓，主要任务是防仓鼠和麻雀。后来因为全国性的饥荒，即使守着满仓粮食的母亲也不得不在单位的动员下从城里返回到乡下，最后嫁给了乡下的父亲。我不懂得母亲为什么要回到乡下去。如果母亲不回老家的话，我自然就是城里人的儿子，也自然就是城里人了，享受着城里人的荣耀。其实这样的责备是根本没有任何道理的。那时，我并不知道上世纪六十年代初，我国的城乡还没有出现分化，城里人与乡下人之间更没有多少门槛，当时出现过一次城市工作者返回农村的热潮，母亲只不过是裹挟其中的一个而已。再则，如果没有母亲的回乡，她又怎么会和父亲结婚并有我的存在呢？

或许，还有其他路让我成为城里人吗？

我十二岁的那一年，发生在邻村的一件事让我至今不忘。村里一个公认最漂亮的姑娘嫁到县城里去了！虽然这件事一开始就似乎注定了它的悲剧性，但当时却在远近都传为美谈。嫁到城里，意味着婚姻改变命运。我没见过那姑娘，但可以想象当时的盛况，她是我所知道的第一个打破命运惯性的农村人。她的对象是个城里的一个残疾人，小儿麻痹症，整天待在轮椅上，并没有工作单位。后来的事实证明，这样附加了太多外在因素的婚姻必然成为一场悲剧。城与乡之间的差距太大了，即使一个城里的残疾人也在这差距之中获得了俯视乡下人的优势。她终于成了城与乡之间的牺牲品。三年短暂的城里生活之后，这个可怜的女人离婚重又回到农村，但却失去了在农村正常生活下去的可能了。此事后来似乎再无人关注，故事最后在不知所终中从人们的视野中淡出了。

我不知道这件在老家轰动一时的事，当时对农村那些女孩子有着怎样的诱惑，又引起了她们对人生命运的多少思考与警惕。但它对我的启示是：改变命运，女孩子比男孩子要多一次机会，多一条道路。如果说女孩子还有一条狭窄而充满险恶的道路通往城里的话，那么农村的男孩子如我，便连这条狭窄的道路也没有。这不能不让人对命运感到深深的无奈。

在村里寻宝

有那么几年，我疯狂地迷恋上了在泥土中到处挖掘。我扛着一把开山斧，在村庄里转悠，翻遍了每一个可疑的角落。老窑厂、桐树下、钟家井边、王家山下，那些陈年的瓦砾，那些老屋的墙角，都留下过我挖掘的痕迹，留下了大大小小的土坑。

我在寻宝。

我相信村庄古老的地底下，总会有那么几件价值连城的宝物被先人预先埋下，只是我尚未发现而已，而只要做一个有心人，总有一天我可以找到它们，找到它们，我就找到了打开自己命运之锁的钥匙。

我的异常之举启发于这样一个传闻：在离我们不远的某个村庄——因为是传闻，所以并没有具体名称——一个老实巴交的农民，带着全家老小辛辛苦苦地过着贫穷而寂寞的日子。但这样的日子忽然在一天改变了。一天，故事的主人公在自家耕作了一代又一代的菜地里劳作，一锄下去，掘进泥土里的锄头“铛”的一声碰到了硬物——这样的事我们常常遇到，但这个硬物要么是旧瓦片，要么是石子——故事的主人公这次碰上了好运气，他顺着挖下去，原来是一瓦坛金灿灿的金元宝，据说有几十块。老实巴交的农民当然不敢据为己有——按照法律，地底下的东西都归国家所有——他主动将金元宝交给了国家。国家提出奖励给农民几个金元宝——据说一个金元宝就够他一家人一辈子吃喝——可这个农民却什么也不要，只提出一个条件：让他们全家都“农转非”，从此吃商品粮、做城里人。结果，这农民全家大小如愿以偿地“洗脚上岸”成了城里人。

今天看来，这么完美的事多少有些杜撰的成分。但当时，它却真切地给了我不小的抚慰与希望，我忽然觉得在茫然的世界上，终于有了一点点希望。在地里锄草，我总是格外留心那些碎瓦片、断砖头，生怕错过改变命运的机会；在溪里玩耍，摸到一块像样的鹅卵石，总免不了端详个半天，决不让改变我命运的夜明珠从我的手里丢掉。有时走在路上，远远地看到阳光下一个东西反射出耀眼的亮光，无论远近，我总要跑过去，非看个究竟不可，生怕一块价值连城的金子从我的鼻子底下错过，直到我一次又一次地拔开土灰，发现它们不过是一片碎瓷或一块玻璃时，才满怀失望地离去。

一次次地扑空并没有让我失望，我无端地相信改变我命运的宝物一定会出现。在松里山山口的桐树下，我终于发现了目标。

我首先看到的是一块旧砖。从新水堤蜿蜒过来的干渠里，一块旧砖半截嵌在泥土中，这很像是一个大窖藏的开头。我屏着气息，耐心地挖去了周边松软的红土。这是一块与我们平常所见不一样的砖，明显更宽更厚，我不能判断它有多古老。取出一块砖后，令人惊喜的是，底下竟然还是同样整齐地码着的砖。古墓？古城墙？丰富的宝藏？我感觉自己正离城里人越来越近了。接下来的是金灿灿的金元宝，还是光彩四射的夜明珠？是稀世珍宝，还是千年古玩？如果我有这些，国家会让我一个人进城吃商品粮还是让我们全家？如果只让我一个人，那我怎么能不管自己的父母呢……我沉湎在幸福的遐思中，但手中的挖掘并没有停下。太阳西斜，汗水已经湿透了全身，我却无半点困倦。在田岗上劳作的人们围过来了，要见证我的伟大发现。我请来零根表弟帮忙。他是个健壮的少年，肌肤被长年的太阳晒得黝黑，浑身有使不完的劲。一层层的砖石被我们掘出来，在渠边码了一大堆。来看热闹的人越来越多，天黑了也不肯散去。但久不见宝物显身，似乎又有些失望。我们仍然一无所获。齐腰深的坑底下，除了砖，还尽是砖，并不见什么稀世珍宝的影子，也没有任何古墓的迹象。几个老人在议论中终于想起来，这里原来是个砖窑。

围观的村民像退去的夕阳一样，渐渐散去。空气也冷却下来了。不远处林溪村的上空，陆续升起了袅袅的炊烟，与暮霭混合在一起。我彻底失去了希望，一屁股瘫坐在旁边的草地上，被汗水打湿的衣服紧巴巴地贴在身上，渐渐有了一分凉意。夕阳褪去了它的热力，血红的霞光映在周遭，沉重而压抑。

——其实我并没有甘心。我内心深处并没有接受那些砖仅仅是一个砖窑的传说。直到前两年，这块土地以每亩一万九千元的价格被镇政府征用，一个堂兄从镇政府手中取得了土地平整这桩生意。我请堂兄开着掘土机推开那个当年我不能深挖下去的地方，希望会有所发现。他照办了，那里的确是一个废弃了的旧砖窑。不过在邻近不到五十米的地方，他在很浅的红土层中却发现了古董，是几个没有着釉的瓦罐。据说，那是宋朝的东西，很值钱。

宝物与我擦身而过，即是命运与我擦身而过。我相信，偌大的村庄，先祖们生活了几百年的地方，他们总会把足迹或器物留在某个地方，村里一定还有其他的宝物在等着我去发现。

我瞄向了钟家井。我开始在钟家井的岸边徘徊，独自一人，在心里一次次地打开它沉淹塘底的宝藏。

钟家井是村庄南面的一口池塘，据说它曾经是一口井，当年姓钟的几户人家就生活在周边。有井必有好泉。钟家井喷涌而出的泉水使井变成了塘，冰冷的泉水溢出了塘围泛滥成灾，让下冈的大片稻子无法正常生长。古老的村民想出了种种办法，都无法控制泉水。最后，村民们铸造了七口金锅七口银锅倒扣泉眼，又压上了七架铜风车，才终于将冰冷的泉水制止住了。但从此，这些宝物就永远埋在了塘底下。

我被这个美丽的故事所陶醉，非常热衷于将这个神奇的传说讲给每个来林溪的亲戚听，并从他们倾听的好奇中得到极大的满足。它是我们的骄傲，是我们林溪村的镇村之宝。但为了成为城里人，我还是愿意，寻找一切机会，将这些财宝掘起并无偿交给国家。所幸的是，我并没有这样的能力——而这种事本身也只不过是一种幻想，如果这传闻是真实的，恐怕金银之财早已被我们的父辈们挖起来交给国家换取城里人的生活去了。

没有珍宝，走出林溪的梦想又一次变得缥缈，而我荒唐的寻宝行径却成了村民们的笑柄。乡村的贫困与艰辛压得我喘不过气来，远方城市的轮廓在平坦的田畴尽头隐隐约约。通往城市的路在哪里？一群白鹭飞过，在晴朗的天空排列成一个巨大的问号。我背着一袋米，腰上系着一根绳子，绳子上挂着一盏玻璃瓶改装的煤油灯，艰难地行走在弯弯曲曲的通往太和圩中学的田埂上。彼时的我并不清楚，读书，正在使自己向通往城市的曲折而艰辛的道路上行进。

在简家小学

从新余师范学校毕业后，经历了一个寒冷的夏天，我分配到了离林溪不远的简家小学。

在简家小学的岁月既寂寞又安宁。清晨的校园，孩子们用一声带着露水的吟诵将我从睡梦中唤醒。然后是越来越喧闹的嬉戏和呼喊、追逐的脚步声和楼板“咚咚咚”的晃动。接下来，晨读的铃声响起，校园里嘈杂的嬉闹突然收住了，变为教室里甜嫩而整齐的朗读声，像晨练的军队严整的呐喊，响彻校园，飘散在周遭的稻田之上。我往往取了前晚看剩的书，坐在讲台上，加入了孩子们的朗读之中。孩子们读的课文是我小时候已经读过的，至今还记得。我自然读自己的书，鲁迅的散文诗，余秋雨的散文，海子和余光中的诗。我沉浸在自己的文学世界里。也许孩子们之前从没见过老师也与他们一起晨读，张大好奇的眼睛看着我大声朗读。看着看着，孩子们渐渐忘记了自己的朗读，声音渐渐小下去了。等我猛然发现教室里只留下我的朗读声在独自飞扬时，我会忽然抬头，大声呵斥：“怎么没声音了！”于是，教室里重又响起多声部的琅琅书声，恬静而美好。

那些日子，我满足于沉静在自己的内心。白天的时间全留给了孩子们，教他们识字、组词、造句、朗读和作文，忙着处理孩子们之间永远不能完结的跌跌撞撞和瓜葛纠纷，与他们一起欣赏当时仅能找到的少量童诗与童话。晚上留给我自己，读自学考试的书。汉语言文学专业的课本，渐次打开了我的文学视野与生活视野，文学之美，情感之美，浇灌着我饥渴的心灵，人生之路，世界之路，交错出现在我的思想天空。它们让我沉湎，使我对身边的人与物趋于疏远，让我忘记了城市的繁华、忘记了小镇上的喧嚣与永远源源不断传来的人间悲喜、风流韵事和掌故奇闻，以及那些与我一样的青年教师们排解寂寞的小聚会、小活动，喝酒、打牌、上城里看录像。

简家小学离集镇五六华里之遥，距老家林溪四五华里。校园坐落在一片平坦的稻田之间，出门就是田畴、水渠，青葱的稻苗向远处伸展，将数个村落连接在了一起。校门外，一条笔直的乡村公路从稻田中间穿过，铺着圆滚滚的卵石，坑坑洼洼常年积水。路两头约五六百米处各一个村庄——简家村与欧里村——据说当年建校时两村各自坚持学校要建在自己村而相持不下差点擦枪走火，最后乡干部出面调停，才折中选在两村中间的这片稻田里。全校一至五年级七个班级，十三个教师。我是唯一科班出身的师范生，其余的要么是民办教师，要么是民办教师培训后转正的公办教师。民办教师是农村户口，工资由村委会按年支付，和农民没什么两样，生活来源主要还是靠种好自家的责任田，教书简直成了他们农事劳作之外的副业。公办教师是非农户口，工资由乡政府财政按月支付，虽然工资高出民办教师的三四倍，但也并非真正意义上的城里人，顶多算是“吃工资”的乡下人。

学校教师中，有三位曾经做过我的小学教师。一开始，我还有些尴尬，带着一种学生对教师的敬畏眼光注意自己在他们面前的形象。但很快，这种尴尬就消失在他们自己的形象中。在同事面前，他们全然没有当年做教师的架子和风度了。课后，他们与我谈家长里短，谈扑克牌“关牌”和“吊七”的技术，谈村里的往事，谈风土人情，谈风流韵事，谈鬼神妖魔，偶尔也看迟到两周的《参考消息》，慷慨激昂地批评时政。

夜幕降临，热闹了一天的校园安静下来，白天浮起的尘埃都沉静了：除了夏虫的吟唱，鸟雀归巢时的啁啾，校园里寂静无声。我独守着校园，摊开书卷，沉入那些美妙的文字世界而不知疲倦。我从城里回到乡下，历经了一个酷冷的夏天之后，关于城市的梦想重又幻灭。我享受着梦想幻灭之后的平静，心里就像暴风雨过后的天空，干净、明朗、透彻。我知道，有些命运是无法抗争的。我不想留在乡村，但命运之神却偏要把我抛到这更偏僻的地方来。我除了承认现实，似乎不能有太多作为。既然命运有如此安排，不能反抗，那就姑且享受。

那时，每天下午四点学校就放学。孩子们叽叽喳喳地散去了，同校的教师也都回去忙自家的责任田了，学校里只留下我一人。我突然有了大块的属于自己的时间，心里空旷得如眼前这无人的操场。空闲从来都是寂寞的近亲。集镇成了像我一样的乡村青年教师们排解寂寞的聚散地。大家不约而同地来到集镇，像是赶一场聚会，又像是潜在水底的鱼虾来到水面上冒个泡。其实这个集镇再枯燥不过，既无趣又丑陋、肮脏，满街的尘土，连一个可以驻足的地方都找不到。这里没有歌厅舞厅之类娱乐场所，唯一的电影院破败不堪，已经多年没有放过电影了。我们所能做的，便只有打桌球和到小酒店里喝酒。大多数时候，我们并不打桌球。而进馆子喝酒似乎又有点不务正业，毕竟是为人师表的教师。即便这样，小镇也还是有无限魅力，无法阻止我们放学后找个买袜子之类的理由，离开空空的小学校园，骑上五六华里远的自行车到镇上转一圈，看一看那些来来往往的车辆与人群，听一听马路边上的新闻，然后在黄昏中迎着家家户户升起的炊烟重又独自回到校园。有时在镇上遇上在别的学校当教师的同学，我们便架在自行车上说几句话，发几句牢骚，甚至对新近在报纸上看到的已经过时好多天的时政发表几句评论，那就足以让人乐而忘忧好几天了。

林溪村成了我心灵的后花园。为了逃避寂寞，我有时半夜都要回家。没有星星的夜晚，我凭白天的记忆在回林溪的土路上狂奔，风在耳旁呼呼作响。一辆崭新的凤凰牌自行车让我获得了奔跑的速度和超越的快感，伴着我青春的气息畅快淋漓。回林溪村的半路上需要穿过一块墓地、一片山林。每次月夜经过，心里总不由自主地预先幻想起无数面目可憎的鬼魅。我全身恐惧得竖起鸡皮疙瘩，呼啸着冲过去。当我最后看到林溪老屋的门洞射出橘黄的灯光时，我感觉自己是那么温暖幸福。

是孩子们的快乐，冲淡了我对城市的思念与向往。我用普通话上课，这在学校是第一次、第一人。我要求他们也在课堂上用普通话，用普通话回答我的提问，用普通话朗读课文，用普通话提问和交流。这引起了孩子们极大的兴趣。我第一个使用照相机，并给孩子们照相；我第一个教他们打篮球；第一个在课堂上编排话剧……在这个远离城市的地方，我只带来了一点点城市的气息，就被他们视为洋气和文化的象征，并获得了特别的尊重。附近的农民用十分崇敬的口吻邀我去家访，进了家里，并不问孩子学习的事，原来是请去喝新开缸的浓茶一样的老酒。我常常还滴酒未沾就为他们的热情所陶醉。看到孩子们红扑扑的脸上写满了快乐，看到他们对我的敬重与爱慕，看到我对他们的重要……我便暂时忘记了城市的所在，忘记了超越乡村的梦想。

其实，梦想并没有真正放弃。我课余时间的自学考试，难道仅仅是热爱文学，而不是在潜意识里对现状的超越？自师范毕业当了小学教师以后，虽然我仍在农村，但严格地讲，我与农民甚至我身边共事的民办教师完全不同。我是公办教师，我的户口本上写着“非农业户口”字样。虽然我要么住在学校，要么住在林溪，但我身份证上的地址既不是简家小学也不是林溪村，而是镇上一个居委会的名字。其实我从来不知道镇上还有个什么居委会。这地址，与其说是个住址，不如说是一种身份，居委会是非农业人口单位，而村庄里只许有农业人口。我的医疗费用可以完全由国家报销了，看病不要钱。我第一次享受了城里人的良好福利。有好几次，我学着其他同事的样，用我自己的医疗证，偷偷地给感冒的父母亲开了药，不让父母花一分钱。虽然我的工资已经能够支付这些医药费，我看病却不用花钱，而父母没有支付能力，一个农民，却要自己花钱看病——我素来是个讲规则守法纪的人，但这时我如果再守纪律让父母掏钱看病，对我则会是莫大的耻辱。我对城市的向往与梦想，此时已经不再是追求拿工资、免费看病之类，而是做一个真正的城里人！还有多少城里人所拥有的，我这个“吃工资”的乡下人尚未拥有！

城市像磁石一样吸引着我，无论我走到哪里，它都有无数条隐形的线牵引着我。周末，我仍喜欢来到城里晃荡，像在师范学校时一样闲逛。我骑了二十里路自行车，独自站立在繁华的城南胜利路口。仅仅是看着这车水马龙的大街，我就有一种深深的满足感、生活的在场感，甚至有一种对生活深深的感恩之情。我走过公园，走过商场，走过电影院，走过录像厅，走过图书馆、博物馆，走过新华书店，走过火车站，我像拥有这座并不属于自己的城市一样将它们一一览过。我觉得城市才是当今世界的主流，才是真正的生活现场。加入城市的洪流才是真正的在场，而农村则是被生活所遗忘的角落，是被主流所疏远的地方。

但是，当我被眼前这种繁华的场景所满足时，我同时也被一种羞愧所刺痛：我其实并不属于这里！公园的优雅美景刺痛了我乡下人的粗陋！商场的繁华奢侈刺痛了我乡下人的贫穷！电影院的精彩与热闹刺痛了我乡下人的孤独！大街上走过的洋里洋气的姑娘刺痛了我乡下人的青春！我一次次地进城，企望靠近城市、融入城市，结果我不但没有走近城市，反而一次次地强化了我的他乡感。我一次次在羞愧中回来，受侮辱般地回到老家林溪，回到乡村安静的小学校。我暗暗发誓，再也不上城里去了。可刚过不久，我又忍不住一次次地如飞蛾扑火般地在周末来到城市逛荡。

城市是我的爱，也是我的痛。推而广之，其实又何止于城市？不是也包括这现代生活的方方面面吗？而且又何止于我？它不是也包括所有的农民、所有生活在底层的人们吗？

民办教师阿勇年过四十，终于考上了公办教师资格，他整日乐呵呵的，见人就掏出红塔山香烟，额头上那紧锁了半辈子的皱纹终于舒展开来了。这是他用一个学期基本不上课荒芜六十个学生的学业和荒芜半年责任田庄稼的代价换来的。那天，自称“范进中举”的阿勇醉了一回。在席上，他简直癫狂了，逐个地道谢、敬酒，兴奋地与每个人打招呼。

小华老师没有资格参加考试，在一次民办教师清理中被学校辞退了。当了十二年小学代课教师的他重新成了一个地道的农民，茫茫然不知下半辈子该做什么。

曾老师是公办教师，快退休时，左托关系右找熟人为儿子弄了“农转非”指标，安排招工进城，当了电机厂的工人，虽然没上过什么学却子承父业享受了城里人的待遇，令人眼红得很。

焦躁开始在各个小学的师范毕业生中蔓延……这些年轻人，有的看不到希望而自暴自弃，在烟、酒、频繁而廉价的爱情以及录像厅中度过时日；有的认命，甘愿再一次在穷乡僻壤落地生根，娶了当地漂亮的村姑聊度余生；有的死不甘心，或是远走他乡南下广州深圳寻求别样的城市生活而去，或是走上了考大学考研究生的不归路，给不敢离开的人留下一串远去的脚印。而我，还在寂寞中安静地等待，像秋天的一片树叶，希望有一阵风将我卷起，送到九重云霄。

我每天在林溪与简家小学之间来来回回，而城市与乡村则在我的头脑中来来回回，反复折磨着我、蹂躏着我，使我不得安宁。

关于城市的谶语

我对城市的炽热向往，一定是那个夏天就已埋下了种子。三十年前的场景在我记忆中依然是那么清晰，皇母娘娘的那串谶语，乃是对我人生最初的一记棒喝，直至今天都还影响着我。

那是个仲夏的夜晚，暑气刚刚消退，空气慢慢清凉下来了，隐隐约约飘浮着白天草木蒸腾的清香。清柔如水的月光透过泡桐树繁密的枝叶照下来，在地上抹了一层银白的光辉。泡桐树叶大如盖，却无法遮挡满院聒噪的蝉鸣。我家的院子里人头攒动，大姑大婶、大伯大叔、哥哥姐姐，都赶来了，还有孩子们、老人以及在人群中钻进钻出的狗。这样热热闹闹的场面，只有村里每年一次开大会或集体加餐时才偶尔出现，既凌乱，又有几分喜庆。

在一阵乱哄哄中，我家客厅的中央架起两条长凳，上面支着一个大箩箩，箩箩上面均匀地铺了一层薄薄的大米。昏暗的灯光下，客厅里挤满了男女老少。我也不明就里，只是一个劲地在人群中拥来挤去。这时，客厅里忽然让出一条道，三四个年轻姑娘从箩箩旁一字排开，齐步走到大门口，抬眼望月，一副极庄严极虔诚的样子，口中念念有词："……皇母娘娘下凡间……"像是报幕员一样地认真。她们的具体言辞已经随着时光流逝在我的记忆中模糊了，主要意思大概就是请求皇母娘娘下到人间来指点迷津之类。随后，便是提出具体的疑问请皇母娘娘解答，比如，某某人能活多少岁，某某人能否生儿子，某某人的病会不会好，某某人能否"吃商品粮"，某某人的寿命是多长之类。每提完一个问题，她们就回到箩箩边，用一根筷子竖在那层薄薄的大米上，支起一个簸箕，由两个人轻轻地扶着，不使簸箕摔倒下来，听任筷子摇摇晃晃地在大米上划出不同的图案。而这图案，就是皇母娘娘揭示的答案。倘若筷子划出一个近似的圆形，则被认为是对所提问题作出的否定回答，倘若划出的是一条弯形或者折形线，则被认为是一个肯定的回答，像老师给学生修改作业时打了个"钩"。

清凉的月光下，报幕的姑娘一遍遍地念念有词，皇母娘娘一次次地将揭示的答案在大米上划出不同的图形。随着答案的揭示，人群中或者起了一阵轻轻的唏嘘，或者起了一阵快乐兴奋的笑声。笸箩上面的大米，筷子划了一次又被抹平一次，围观的人群伸长颈脖，窥探人生命运的密码，情绪随着密码的揭示而潮涨潮落。

忽然就轮到我了。刚才我还是一个普通的看客，看别人的热闹，看别人的喜悲，忽然之间，我就被推到了满屋子人注目的中心。先是问我的前程，长大后能否“吃工资”。我守在笸箩旁，几乎是屏着呼吸，看着皇母娘娘的“手”在那层抹平了的白米上晃晃悠悠地划下了一道弯曲的线。结果，这被大家一致认为是肯定的回答，我长大后是可以“吃工资”的。在一阵兴奋中，大家又怂恿着再向皇母娘娘提问，这一问是：我“吃工资”是不是需要我叔叔帮忙？我大叔叔是我们家族中最显赫的人物，那时，他不但在城里“吃工资”，而且还做了官。然后，又是那只“手”颤悠悠地划出了个“钩”，比前一个还更明确。这时，大家脸上更是兴奋，似乎我长大了“吃工资”的前程已经确信无疑。大家意犹未尽，于是又提了第三个问题：我的寿命会有多长。最后，据说划出的图形像“60”两个字。我一时心里很不痛快，一种隐忧埋在了我心里。因为不久前，我的外婆刚刚去世，好像离60岁还差那么一两年，亲戚们每次提起都非常惋惜，这让我隐约懂得，一生60岁也许算不上是好的结局。

忘记了当天的问神是如何收场的。但从此，我心里忽然多了一份期待：我长大了能“吃工资”！多么令人激奋啊。我似乎怀上了一种得天独宠的自豪与优越，处处要求自己表现得比别人好一些。学习要优秀一些，因为我长大了要“吃工资”；行为要斯文些，也因为自己长大了要“吃工资”。同时，我也带着怀疑的眼光看自己，时时用自己的行为检验着这一神秘的谶语。

这些谶语成了我的信念，燃起了我对城市生活的热烈向往，成为镶嵌在我成长的历程中一块闪光的钻石。

后来，我一次次地想离开乡村学校，或者跟随民工们南下打工，或者跟着别人去学做生意，反正就是想着离开乡村，摆脱这个穷困的人生，但最终都无功而返。一九九六年，我陪在乡政府工作的一个同学参加区政府的“人才库”考试，不想我的这位同学被刷下来而我却入围了。机会来了。已经退休了的大叔叔带着我又是请客吃饭、又是送礼，将当年从政时所攒不多的颜面几乎消耗殆尽。反复折腾了大半年，第二年，我终于结束了五年的乡村小学教师生涯，进到了城里。

我成了乡村生活的一个逃兵，因为我没有去改变穷困的乡村生活，没有与那些在穷困中生活的同僚们肩并肩地生活下去，而是仅仅把自己一个人，从泥淖中拔出来。然而，我生活的视野逐渐开阔起来，世界渐次打开它的各扇门窗。这次命运的转折，来得那么偶然，甚至事先连我自己都不太敢相信。回头一想，或许还真应了少年时的那句谶语？

走异路

“存在或灭亡，这是个问题”——这是困扰着哈姆雷特的问题。

离开这枯寂无望的乡村或者继续留下，同样也是个问题——这是困扰着我的问题。在乡村学校的那么几年，我好像哈姆雷特一样被眼前的岔路所迷惑，选择的利弊权衡苦苦地折磨着我。

听说学长阿陶终于下定决心离开教师队伍了。他早我三年从新余师范毕业，在离我不远的一个村庄教了五年小学，终于在一个阴湿的雨天，顺着浩大的民工潮决绝地辞职南下广东。敢于放弃好不容易奋斗而来的“吃工资”身份，重新让自己回到一个普通的农民，这里有多少对乡村教师生活的绝望，又有多少第一个吃螃蟹一样沉重的勇气啊！据说他几经辗转，最后在一家生产纸巾的私营企业当了老板的秘书。他的离去成了留下来的青年教师们丰富的谈资，有很长一段时间，它成为一个经典的励志故事激励着我们，留给我们一颗骚动不安的心，令我们长时间地蠢蠢欲动。

我并不认识阿陶。他离去后一年，我偶然来到他任教过的小学。他曾经住过的房间已经分配给了我的另一个同学，但墙头上依然保存着他当年的书法，一张写有“生命不能承受之轻”字样的书法条幅赫然在目。加上他曾经的同事们介绍，这张书法条幅让我浮想联翩。他当年如何地做着心灵的挣扎，如何夜不能寐，如何在痛苦中作出这一决定？毕竟，在那时候，放弃“吃工资”工作而追逐城市生活，是常人所不敢想象的。

阿兵也离开了。他是当年新余师范学校袁河文学社的一名骨干成员，高瘦白皙，风流倜傥，写得一手好诗文，迷倒过不少女同学。毕业后，他一直在镇里最为偏远的一个小学，远得没有多少师范同学愿意跑一趟去看他。那些被他的诗文迷倒的女同学，也早已音讯全无了。那些年，边远小学的老师逐年调近靠集镇的地方任教，近乎成为一种惯例，这既是官方对教师努力工作的一种奖赏，算是得到重用，也是对那些送礼走关系教师的一种交代。阿兵却一直没动过，五六年也没动过一步。我去过一次他的学校。那时正好有一个晚几届的师妹刚刚分配过去，两个人在那个偏僻寂寞的地方，每天四点钟之后，别的教师完成课业都回家种田去了，留下他们俩独守着空荡的校园。孤独使心灵靠近，在他的一方，自然产生了一点那个意思。可师妹这边却始终无动于衷，孤傲得目中无人。第二年，这个师妹就调走了，并很快就嫁给了城里的一个教师。后来我才弄明白，阿兵与镇教育办老大是同一个村庄的，家族关系交恶，殃及池鱼。

阿兵看上去总是笑呵呵的，但其实内心不堪寂寞。因为曾经同是文学社成员，我们见了面总要问一句：还坚持写么？一次，阿兵拿出他在《中国青年》杂志发表的文章给我看。上面果然有一个豆腐块赫然署着阿兵的名字，但可惜它已不是文学作品，内容谈的是乡村青年的苦闷精神生活。文学写作这种很精神化的劳动，他早就放弃了。几年后，阿兵终于离开了学校，据说到城里一家保险公司做了推销保险员，每天在城市居民区转悠，一扇扇地敲开陌生人的门推销保险。进城后，我曾在大街上遇到过他一次。他一身黑西装，系着标准的职业领带，推着一辆半新的自行车，行色匆匆，混迹在茫茫人海之中。

有的人找关系开后门，扯上七亲八戚的关系调进了城，既保住了“吃工资”的铁饭碗，又圆了城市生活的梦想，是最令人羡慕的。但大多数人并无这样天然的优势，祖宗八代务农，两眼不识一个城里人。有些青年女教师则选择了嫁到城里，即使两地分居也要先圆城市梦。为了进入城市，师姐阿梅竟然嫁给了一个远在南昌的工人。两地分居，她每个周末赶十二元一趟的绿皮火车去与夫君见面。即使这样不辞辛苦地奔波，十几年后，她也终于没能留得住越来越稀薄的爱情而劳燕分飞。一些青年女教师则恃身自持、待价而沽，对在窗户外面转悠着不肯离去的镇政府男青年或男教师，不肯轻易扭头哪怕看上一眼，而相信真正的王子会从遥远的城市骑着白马来迎接她们远走高飞。

但更多的青年教师像我一样，在徘徊，在等待，在寻找改变命运的机会，却又不敢放下自己好不容易获得的“吃工资”的身份。

一次，在另一个村小的阿军跑来看我，神秘兮兮地告诉我说，现在允许教师停薪留职了。这不亚于人身解放得自由！那个晚上，我请学校食堂特意炒了几个小菜，又从村庄的小卖部提来啤酒。我们痛痛快快地喝到半夜，大谈人生、命运、前程、理想，甚至令人奢望的爱情。上帝似乎为我们铁板一样封闭的生活打开了一条门缝。“明天就走！”我们踌躇满志，激情勃发，豪言壮语。第二天，我们去镇教育办问情况，才知道教师停薪留职一事纯属子虚乌有，乃是以讹传讹。虽然当时一些地方或行业早已鼓励干部和教师下海，但我们镇对停薪留职是不鼓励的，要下海，除非你辞职。短暂的热情重又回到了冰点，还是每天面对着去与留的选择的痛苦。看着大潮般向城里涌动的人流，那些经年积淀在心里的城市情怀一次又一次冲刷着心的堤岸，那简直是一种活生生的煎熬。

也许还有别的办法？有那么一两年的时间，我忽然成了一个远房亲戚家里的常客。表叔是城里一个电厂的领导。虽然之前我从未听说过有这么一个远房亲戚，但我还是拎上自认为上好的烟酒壮着胆子去找他。我说，我想调到城里来，什么代价都愿意。表叔是忠厚稳重之人，待我很热情，回来时让我带了更多的烟酒，说送给我父亲的，好多年不见了。我不死心，按照旁人的教诲，决定采用“缠”的策略，每个周末都去，几乎不间断。偶尔他不在家，表婶对我也热情得很，留我在家里吃饭。我就留下来，厚着脸皮，反正已经决心缠得他烦。表叔终于答应了帮我想办法。一次，他甚至准备与另一家电厂的领导作一桩交易，交换调人。可最终还是没有成功。我体会到了表叔的努力，也知道他的无奈。

那时，他两个儿子到了上班的年龄却还没有安排工作，天天赋闲在家。后来，他退居二线，事情就这样再也没有下文了。

林溪村的青年也纷纷开始南下，汇入了浩浩荡荡的打工队伍。他们已经厌烦了农活，只要亲戚朋友从南方回来，他们就不惜抓住任何机会跟过去。堂兄弟从南方写信回来，告诉我工厂的生活，用城市人的腔调告诉我深圳的街道与蓬勃的城市节奏。春节过年，他们带回了南方城市的消息、商业的气息。他们唱着城市情歌，“村里有个姑娘叫小芳，长得漂亮又好看。”——完全是城里人的视角对乡村的审美。在我眼中，那个远方的城市，不但涌动着金钱、文化，还流传着纯美的爱情。那些神话般的城市，有何等的魅力啊！

我终于踏上了南行的列车。我想起鲁迅当年离开绍兴逃异地、走异路，去寻找别样的生活，去见识别样的人生。我并没有鲁迅那么决绝，我甚至没有辞职，只是利用暑假先去探探路。

酷热的候车厅。随着验票的大门打开，人群潮水般涌进站台。我拖着仅有的行李，混在溃不成军似的人群中，趔趄着跑。车门即刻被拥挤死了，扭曲的脸孔，恐慌的呼叫，凶狠的詈骂，汗水的恶臭。直到车门咣的一声关死，我还挤在过道上，只有一只脚着地，另一只斜拎着无法下地。又是咣的一声，火车移动，我倒在别人身上，又有人压在我身上。旁边一个女孩子的衬衣扣子挤脱了，手却无法去挡，一脸扭曲的痛苦。一高个男子光天化日之下把手伸进了别人的口袋。我赶紧摸一下自己的口袋，刚才在车站买水找的零钱早已不翼而飞……

第二天，火车将一群寻找机会的人们呕吐在广州站，把他们交给了命运去看管。

我终于抵达了城市。眼前巨幅的广告牌，摩天大楼，车流急湍的街道，看得人晕头转向的指示牌、路标、店铺名，我感觉既新鲜又恐慌。同时，作为一个乡下人的自卑立即叠加起来，放大了我对城市的向往与紧张。那一刻，我一生对城市与乡村宿命般的纠结仿佛立即全都浮现了出来。

味道芳香

记忆中的那一抹香

即使三十多年过去了，飘荡在林溪屋舍间那股诱人的辣椒炒肉香味，依然没有从我的记忆中散去，它是那么浓烈，那么芳香。

我在阶檐下玩耍，分辨不清味道最初从哪家邻居的灶间飘散出来，但我能分辨出它一定来自五月的新椒炒前夹猪肉。香味从瓦楞的缝隙里钻出来，先是整条阶檐，从东到西，灌进了我们敏感的鼻腔，然后弥漫开来，整个林溪就都飘着香味，几乎全村人都知道今天有人要吃辣椒炒肉了。浓烈的香味，打开了我们每个孩子味蕾的想象力，涎水开始丰润起来，在嘴里打转；有人呛得打了一个响亮的喷嚏，全身在瞬间释放了一种少有的痛快淋漓。

这大约是我对林溪村最深刻的记忆了。它与黄昏下袅袅的炊烟气、与醉人的谷酒香、与年节的鞭炮硝烟味，一起构成了我对林溪村永不磨灭的嗅觉印象。今天，这些记忆仍在加强着我的故乡情结，它们所寓意的浓浓乡情，使我无论走到哪里，在看到它们的片刻都能让我立即回想起故乡，回到林溪村那最初的生活场景。而除此之外，这份辣椒炒肉的呛人香味，还开启了我对乡村的贫困与人性的认知，包含着我对生活磨砺的经历，它不仅形塑着我的乡村情感，也形塑着我的性情与品格。如果说炊烟是因为它一次次地反复在林溪的上空出现而强化了它在我心目中对故乡的认知，那么这浓烈的辣椒炒肉香味，则是以它十分诱人却很少出现而让我记住、让我期盼。这份香味，与贫困联系在一起、与饥饿联系在一起。

辣椒炒肉是我们待客的上等佳肴。这诱人的辣椒炒肉香，在我家常常与工匠手艺人一起出现。每次木匠、裁缝、篾匠的到来，给我们家修补农具、缝制新衣，这喷香的味道也随即到来。母亲取出攒了好久的零钱，清晨，步行三里路，从集镇上斫了半斤前夹肉回来，又从自留地里摘回了新鲜的辣椒。她细心地将猪肉切成薄片，然后热油，再熟练地将食盐放到热油中——“肉要甜，先放盐”，这是辣椒炒肉的基本教条，我至今遵守——随后将肉片投入油锅中，随着“喷”的一声滋响，翻炒，肉的香味已出来三分。再倒入已洗净切好的青椒，满屋子就弥漫着呛人的浓烈香味。师傅们在厅堂里一边忙活，一边早已闻出了午餐的芳香，便越发认真细致地做好手中的每一道活儿。

我放学回家，饥肠辘辘地推开屋门。厅堂里撒满了木匠的工具：锯子、刨子、锉子、锤子、条凳、马叉、墨斗、折尺……地上轻飘飘的刨木花与木屑，散发着扑鼻的木头气味。同时，从灶间飘来了辣椒炒肉香，熟悉而诱人。厨房的小餐桌边，木匠师傅老江与年轻的徒弟正在用餐，一盘青椒炒肉摆在餐桌中间，引得我两眼直勾，口水不住地在嘴巴里打转。按规矩，师傅们用完餐之前，我们是不能上桌吃饭的。我不知道这是对师傅的尊重还是出于其他什么礼节。我呆呆地站在一边等待，看着他们师徒俩慢慢地享用。这时，我唯一的希望就是自己早点长大，成为一个像老江这样德高望重的手艺人，天天吃肉下饭，过幸福快乐的日子。

好不容易等师徒两人完餐下桌去了，我围上去正要饕餮一顿，母亲过来了。她指着桌上那盘青椒炒肉说：“你看，这盘肉师徒俩几乎没动一下筷子，他们舍不得吃，晚上，我们要再热了给老江师傅吃，你忍一忍吧，等木匠活全做完了，师傅们回去了，咱们再吃。”按照惯例，请工匠的主人家弄几个好菜摆在那儿，往往成为表达主人对师傅的热情与尊重的象征，工匠师傅们是不太随便开筷吃主人家的荤菜的，否则，便被认为是师傅不懂礼节，要失去信誉。木匠师傅老江之所以在林溪村一带德高望重，不仅因其木工技艺高过一般师傅，做出来的凳子、杌子美观大观，木纹历历、结实耐用，还因为他有着别的师傅难以具备的节俭之德——他很少舍得吃主人家端上来的荤菜，常常几天的木工活下来，几个荤菜与最初端上桌来时一模一样。

吃上香喷喷的辣椒炒肉下饭，成了我对幸福生活的最初奢想。

第二事业

我家一年到头吃不上几回猪肉，但家中的猪栏里却常常圈养着两头肥嘟嘟的肉猪。

那些年，养猪成了家里唯一的现金收入来源。种稻谷是用来养活一家人的七张嘴，填肚子的，多余的稻谷背到粮管所去粜，又分公粮定购粮超购粮什么的，最终也卖不了几个钱。有时满满地载了一板车沉甸甸的稻谷去，回来时也不过从结算窗口里接过几张轻飘飘的钞票。大多数人家宁肯将稻谷留着用来养猪。养的猪卖出去，得到的是可以贴补家用的现金，柴米油盐、衣食住行、小孩看病、读书的学费，都得指望它。

傍晚，母亲在田岗里做完农活，顺路会到红薯地里掐一大捆红薯藤，用锄头挑着回家，预备第二天的猪食。早上，我还在睡梦中，就听到菜刀在木板上“咚咚咚咚”的声音，那是母亲出早工前在剁猪食。母亲把一家人的残茶剩饭收集了，又混上红薯藤、糙米，煮成一大锅当猪食。等我起床时，一大锅猪食已经煮好，热气腾腾地在厨房里。我们的饭食也在旁边。在一大桶潲水边，就是我们的小餐桌和一木甑满满的米饭。对此，我们从来不忌讳，并不是我们不讲卫生，而是我们把猪也当作家里的一员，我们要吃饭，猪也要进食。母亲不仅照顾我们一家七口的饮食起居，也照顾栏里的两头肉猪。有时母亲从田地劳作回家晚了，两头大肥猪嗷嗷待哺，母亲会舍不得，常常先热了猪食喂猪，再给我们做饭。母亲认为人饿一点不要紧，下顿多吃点就行，猪饿了就不长，到时卖不了钱，又拿什么给我们交学费？饿点肚子是小事，没钱上学是大事。不上学如何改变命运？今天如果要细究起来，我们五个儿女读书改变命运，一则是靠父亲在地里种的稻子，二则是靠母亲一潲桶一潲桶拉扯大的肉猪。

年初，父亲从集镇的猪仔市场买回两只小猪仔，年末，两只猪仔就变成了大肉猪。年复一年，猪栏里的猪一茬茬地长大，我们兄妹们也一天天长大，养猪赚钱，然后供养我们上学、看病、买衣服、备足油盐。我们的命运与肉猪紧紧地联系在一起。有几次，九月开学在即，我们兄妹的学费还没有着落，肉猪却不争气，还没有长到可以卖的程度。母亲心急如焚，给猪添加更多的好粮食。这样临时抱佛脚当然无济于事，即使我们念咒语样地在心里千百遍地念叨“猪儿猪儿快快长大”，也丝毫不见栏里的猪有什么反应。最终只得父亲出面，到学校里向校长申请缓交学费，先让孩子读书，待生猪出栏后再补齐。

在父母的心中，如果说养育我们儿女算是他们的第一事业的话，那么，养猪恐怕算是他们的第二重要的事业了。他们将侍弄庄稼之外的几乎所有精力都用在养猪上，不仅他们本身无暇顾及我们的学习，有时甚至年少的我们也被派到养猪的伟大事业中去。

放学后，我们被父母安排去打猪草。在夕阳西下的田岗上，村里刚放学的孩子手挎竹篮，一长串的排着长队，匆匆往田野里赶去。这成为林溪村当年最经典的一道风景。他们分散在田地里，扯田埂上的杂草作为猪食，每人每天一篮子是必需的。一些孩子贪玩，常常为地里的蚱蜢、青蛙和水里的鱼儿所吸引，忘记了来地里打猪草的任务，等天黑了才猛然发现自己还是两手空空。心里慌乱的孩子，要么是躲着不敢回家，要么是回到家里等待劳累了一整天的父母的责骂。少不更事的孩子，听不懂父母的责骂，他们当然不知道这责骂中更多的不是对孩子的责难，而是他们对自己繁重劳动的不满，对沉重生活的倾诉，对不可掌控的命运的诅咒。最后，村妇的责骂声、孩子的哭泣声，像无声的命运，与林溪村一起沉入了苍茫夜色之中。

有一回，村里一个孩子放学后去水圳里捞猪草，被湍急的河水冲走了。傍晚，家里的大人见孩子还没回来，以为孩子又贪玩了不敢回来，四下找寻。先是边找边责骂，接着是心急如焚有一种不祥的预兆挂在心头，最终，他们在水圳旁边找到了一个只装了半篮子猪草的篮子和孩子脱下的一件衣服。责骂变成了歇斯底里的自责和号啕，在夜晚的上空，悲痛震住了全村人颤动的神经。

我父母亲的宽怀美德时常体现在一些小事上，让我终生感恩。母亲从不让我们儿女独自去打猪草的。他们用自己更多的辛劳解决了猪食的问题——他们在塬里山上开辟了一块荒地，春夏在地里种了红薯，秋冬则在地里种了萝卜，我们兄妹不用去野地里打杂草，只是每天放学后到这块地里掐一筐红薯藤或拔一筐萝卜则可，两头大肉猪的猪食就基本解决。尽管父母亲为此不得不增加额外的劳动，但却让我们免除了很多打猪草的辛苦，让同龄孩子们羡慕不已。

在伟大的养猪事业中，最令人揪心的莫过于牲畜生病。头天晚上，一头肉猪闷闷的有些异样，低音哼哼地有些迷糊，不像往日那样急迫地争食。第二天，食槽里的猪食余了大半。母亲有些紧张了，决定给病号猪调理调理营养，特别煮了半斗白米稀饭作猪食，并在稀饭里加入了野菊花——在林溪，野菊花叫做消寒草药，据说具有清热解毒、祛寒除湿之效，哪个人有点头痛脑热，往往扯上一把野菊花煎服数日，大半可以痊愈。猪生病了，人们也多是先给吃了祛祛风寒，与人同理。但这一次，肉猪似乎并不见好转，连白米稀饭也不情愿凑近前来嗅一嗅。母亲感到问题的严重性，一头猪养到上百斤，一旦有闪失，对一个家庭来说算是重大的损失。母亲与父亲合计着，最终决定请兽医黄前来治疗。

兽医黄是个矮个子的中年人，邻村晏家村人，身体壮实得如一头牛。兽医黄的父亲是个有名的老兽医，兽医黄了承父业，又进过乡兽医站培训，技术还算可以，只是天生不善言辞，常常让人对猪的病情难以捉摸，空生出不少多余的担心。请兽医黄并不是件容易的事。远远近近就那么几个兽医，他每天东奔西跑上各家各户，见上一面都是很难得的，即使请到了，他也不一定能马上来，往往要按先来后到排队等候一两天。兽医黄因此特别牛起来，养成了口气粗大、骄横跋扈的习惯，一般人都不放在眼里，稍有招待不足，比如准备的酒菜不好、付不了医猪病的现金、半夜把他喊来给病重的猪看病等等，他不仅要给主户使脸色，还会让你怀疑他到底下了多大力气医治。有时牲畜得了重病，农户也只有等着挨着，等兽医“忙”完其他事情才醉意蒙蒙、晃晃悠悠地赶来。有时，不等他来到，主人就眼睁睁地看着牲畜慢慢倒下、病死了，辛苦了半年的成果化为乌有。父亲那时是村委干部，多少还有些脸面，请兽医倒还算顺利。黄昏时分，兽医黄终于骑着自行车来了，车后架上固定着一个黄牛皮的药箱，里面琳琅满目地塞满了针头、注射液、注射器、药丸、听诊器之类。兽医黄看猪病极其认真，听脉、打针、开药，忙活了好一阵。可最后，他老是喜欢留下一句让人永远无法放心的话：这病还说不清，先吃这些药再看。话留了活口，我们则焦虑与担忧起来。次日，病猪勉强站起来，母亲赶紧煮了一锅大米稀饭，倒入了食槽。

如果一个闪失养死了一头肉猪，那一家人的整个经济计划就全要打乱了。可能这一年有人要失学，也可能有兄妹要没新衣服穿，还可能全家人得紧巴巴地过上好长一段时间的日子，半年都不能买上一回肉吃，只好常常闻着从别人的屋檐下飘出来辣椒炒肉的诱人香味独自一遍遍地咽口水。

屠夫侯

如果一头奶猪从小到大能侥幸免于疾病而跌跌撞撞到“寿终正寝”，不仅是一头猪的荣幸，也会成为一家人的喜事——杀猪，意味着养猪的最佳收成，自然要成为乡村贫困而寂寞生活中的盛事。

凌晨，夜色还很浓。父母亲早就起床了，他们已经约好了屠夫侯今天来我家杀那头养了快一年的肉猪。父亲牵了一根电线，将电灯引到院子中央的一根晾衣木桩上。灯光推开黑暗，整个院子亮堂起来，便有了节日的气氛。母亲在灶间生火煮开水，旧式的灶膛里明火烧得柴火噼里啪啦，倒灌进来的柴火烟气熏得母亲眼睛直出眼泪。母亲拍拍手上的灰尘，看看大口锅里的水已经沸腾起来，锅盖被沸腾的水冲得震动起来，升起一团白色的水汽。屠夫侯就要到了。随着灯光所及之外的黑暗中传来一阵粗重的咳嗽声，一个高大的身影立即出现在院子的灯光下。长长的影子映在墙上、院子的地上，来回地晃动，与在院子里忙碌着收拾场地的父亲背后粗重的光影交错着，显得十分忙乱。屠夫侯从自行车上取下一个包袱，扔在地上，发出一阵尖锐的金属之声。各种长短不一、大小不均的刀具半露在外，闪着锋利的寒光。屠夫侯粗声粗气地讲话，嗓门洪亮，似乎随时都要将低矮屋子的屋顶掀翻，他从不顾及现在是凌晨，随时会把还在睡梦中的人们吵醒。随后是他一连贯的动作，在肉猪竭力的嘶叫中，钩、拖、掀，热泡、剐毛、开剖……不久，一头活生生的大肉猪已被他沿着脊梁均匀地竖切成雪白的两半，摇摇晃晃吊挂在旁边临时搭起的支架上，地上一滩乌黑的血污引来了村里的几条黄狗，挥之不去。屠夫侯本是邻村何当村的一个孤儿，早年被简家村一个有名的大屠夫收容为徒。他威武剽悍，力大过人，做事公道，不久就出师单干了。因为他为人爽直，从不占主人家一点便宜，很快就成为人们公认放心的杀猪匠，大家都争相请他。不到两个小时，两架猪肉已被屠夫侯捆上了自行车后的支架。猪头留下了。母亲早已割下一块上等的肉，和着辣椒炒了，香气四飘。屠夫侯匆匆扒了几口饭菜，就登上了自行车，拖着猪肉往水西集镇赶当天的早市去了，背影消失在东方地平线上的鱼肚白中。

屠户侯常常在黑暗中来，又常常天还未亮就匆匆离去。我好像从未认真看清过他的真面目，只是从他麻利的动作与粗犷的大嗓门中模模糊糊地推断，他应该长着满脸的横肉，黝黑的皮肤，生着一双突出的暴眼，有着厚厚的嘴唇。

天色完全亮起来时，母亲已经煮好了猪血旺。凝固的猪血加热煮熟后变成了暗褐色，切成块后，细滑如豆腐，腾腾的热气中散着腥臊。母亲用青花炉碗分盛开来，放在竹篮里，迎着晨曦，向林溪村的每家每户送过去，一户一碗。与邻居分享收获的快乐，是林溪诸多美好的传统之一。收获，让母亲的额头闪烁着喜悦的汗珠。

我和哥哥得到一个美差，被派去四五里外的外婆家请舅舅。晚上，父亲、舅舅和几个村干部一起在家里喝酒庆贺。桌上满盘的猪头肉、猪血旺、猪杂，甚为丰盛。母亲系着围裙，忙前跑后，烧火、炒菜、斟酒，照顾孩子们吃饭，两手油污，一脸节日的喜庆。孩子们驱赶着邻家风闻而来的狗群，嘴巴上则好几天都沾着亮滑的猪油，满是欢乐与自足。

诱惑难耐

有个夏天，我想吃猪肉都快想疯了。

夏收夏种的农忙季节，连轴的劳作，让我浑身上下骨骼都疲惫得要散架了。每天都是单调乏味的南瓜下饭。即使再美味的佳肴，长久的持续也将变成一种折磨，会让你彻底腻掉，何况是平常如此的南瓜。我大概正进入身体疯长的年龄，体内有一股力量时刻在抓挠着自己。我想吃肉，我跟母亲说。母亲说家里没钱买肉吃。我说家里有猪，杀一头。母亲说猪太小，不能杀。我说那就去买，我们家买一斤肉的钱一定有。母亲说有是有，但不能用，生病时要用，上学也要用，买农药、买化肥都要用。

母亲说服了我，但说服得了我的心，却没说服我的身体。我身体里宛若有千百只虫子在噬咬。我要吃肉，我要吃肉……我的每一个毛孔都在呼喊。早上父亲从睡梦中把我叫醒，要一起去地里割稻子。我赖在床上起不来，疲倦得像浑身灌注了铅水一般。那个夏天南瓜丰收，仓库里成堆的南瓜，我们吃不完就用来喂猪。整整一个夏天，人与畜生足足消耗了半仓库的南瓜。闻到餐餐不变的南瓜味，我就胃口全无。我恶意地将难以下咽的南瓜称作“潲瓜”，因为我觉得它像潲水一样只值得去喂猪而不应该让人吃。

一个炎炎的中午，从水稻田里劳作回到家，浑身疲惫的我走进厨房，又是那倒胃口的南瓜。我终于崩溃了。乘母亲不注意，我从母亲放钱的柜子里取了五元钱，顶着烈日，骑自行车独自一人跑到集镇买了两斤肉回家。

此前，我还从来没有过如此忤逆父母的大胆之举。我以为等待我的必将是父母的一顿严厉责骂。可是，父母的宽怀让我感动。我想象的各种严重后果都没有出现。母亲没有责备我哪怕一句话、一个脸色，只是安安静静地将肉切碎，炒了两盘辣椒炒肉，端到全家人的餐桌上。我为自己的忤逆而自责，却吃上了世界上最可口的美食，远胜过世间所有的山珍海味。

我常常自豪自己有这么好的父母，在最困苦的时候，也能保持一颗宽容平和的心。

很多人没有我这样的运气，他们窘于更加困难的经济条件，除了自己家杀猪可以沾点荤腥，大多数时候只能靠闻一闻阶檐下飘来的辣椒炒肉香味来解馋。实在馋得难受的老福，终于吃上死猪肉了。他把不知谁家一只刚病死的猪仔剖了，掏去内脏，在钟家井洗净，然后和骨头一起剁成细块，放入水酒、辣椒、生姜、大蒜子，在热油里焖上个把钟头。揭开锅来，香味扑鼻，让人难以挡住美味的诱惑。老福坐在檐下，就着一碗小酒，吃得有滋有味。路过的大婶说，老福，吃不得，吃了会得病死掉，像猪一样死掉。他听了嘻嘻哈哈笑，眼睛眯得更细了，两颊酡红，带有几分醉人的酒气，说出来的话含糊不清。第二天，他没事。第三天、第四天，一个月、两个月，他依然没事。有了第一回，第二回便无所顾忌了。此后，村里竟然有好几户人家都不避讳吃死猪肉，有时发现哪里有猪死了，他们还时常相邀前往，分而食之，成为他们的一场盛宴。

有好几年，我都无比向往舅舅家有肉吃的美好生活。那时，舅舅家渐渐殷实起来。一次，舅舅来我家做客，说起吃肉的事，他自豪地说，他们家每半个月吃一次肉。他的理由是：现在国家给坐牢的人都是半个月吃一次肉，我们就比坐牢的人吧！

食品站

食品站位于集镇的核心地段，由四幢红砖瓦房围成一个院子组成。院子中间高耸着一个水塔，宛如一面高高撑起的旗帜，昭示着食品站的强势存在。北边是火车站，小如浙赣铁路线上的一个小逗号；南边紧邻的是酒厂、棉花站，进进出出的都是镇上骄横自大的权势人物；西边是小学校；东边临街面，街对面是农资站，全镇化肥农药的集散地。建筑的格局总是饱含着丰富的社会内涵。食品站所居的核心位置，与它在经济生活中受到的膜拜是相称的。在那个年代，它垄断了几种重要食物的分配权：猪肉、牛肉、白糖、豆腐，甚至绿豆。围绕在它周围的则是权力、审批。有人为了给病重的产妇购买到一斤白糖而托关系走后门，得到了一张审批“条子”而兴奋不已；有人为了买到半斤猪肉而三更半夜前来排队。食品站垄断了我们的胃口，垄断了我们的蛋白质，也垄断了我们的心情和价值观念。

而在乡人的眼中，食品站本身其实是一张巨大的嘴。它无限地吞食着我们所豢养的猪、牛以及鸡蛋、大豆。我们源源不断地将猪牛羊、鸡鸭蛋输送给他们，但它却轻易不舍得反哺一点给我们。每家人家都愿意自己在家杀猪，起码可以给自己家留一个猪头吧？可父亲每年都要绑两头肉猪送到食品站去，因为得完成上面的生猪生产任务。

父亲背着沉重的板车在前头拉，绳子深深地勒进他肩膀上的肌肉里。一头近两百斤的肉猪已经被五花大绑固定在车架上，丝毫动弹不得。畜生一路上百般不情愿地嚎叫，为自己前程未卜的命运从未消停地挣扎，但却从未得到过哪怕一个路人的同情而前来救援。我跟在父亲的板车后面，看着父亲背上的汗水怎样漫过后背湿了一大片衣服。我们从林溪出发，穿过宠江山，过晏家村，经张家村，直达三华里外的集镇。粗大的麻绳已经将猪的脚踝绑得红肿起来，父亲也不敢给它松绑，生怕肥猪会半路逃脱。在食品站，称毛重、除潲水，工作人员在算盘上噼里啪啦的算计，最后，一头大活猪变成了手中薄薄的几张钞票。

后来慢慢长大我才知道，粜给食品站的猪是按照国家定价计算的，一头猪勉强换回微薄的钱，比起自己杀猪去市场上卖要少得多。但没有国家的批准（到生产大队开票），即使自己养了猪也是不能卖的，唯一可以卖的地方就是公社食品站。后来，我也知道，食品站的猪统一向城市提供，又按照定价卖给了城市居民。再长大，我又知道，其实生活在城里的居民比起养猪的父亲来说，吃肉的机会要多得多。待我成年后，已经不需要粜猪了，但屠宰税开始收了；后来屠宰税变成了摊派款，养不养猪没人管，屠宰税不按猪头算，而是按人头摊，乡干部与群众的关系变得紧张起来，剑拔弩张的场景时常出现。2004年，国家将农业税取消，屠宰税也随之消亡。养猪，终于不再是父母亲头上一项沉重的负担了。此时，父母亲也老了，腰肌劳损、类风湿关节炎、静脉曲张、腰椎病……年轻时过分劳累所积的隐疾都显出来了，再也无力从事农业生产了。

养猪完全市场化了，养不养猪成了农民的一种自由选择。食品站风光不再，现在已残破成集镇上一个半荒弃的院子，门前的土路上长满了茂密的杂草。一次回老家，与年幼的儿子路过，儿子问起我“食品站”是干什么的？我心中一时五味杂陈，不知从何说起。

稻谷金黄

五月稻田

在林溪，最美的季节莫过于五月。

从树林到草地，从田地到荒山，从村前屋后到阡陌田埂，每一寸可以见到泥土的地方，都披上了密密匝匝的绿色，充盈着蓬蓬勃勃的生机。五月的阳光逐渐热烈起来，仿佛给万物注入了生命的魔力，无论树木杂草还是庄稼，都在阳光的抚摸中疯狂地拔节生长。一株藤本植物前几天还在地上爬行，过几天就攀上了旁边树木的枝头；一棵草几天前还娇小羞涩，过几天它就蔓延成了一片。它们向着阳光竞相伸展着、攀缘着、纠缠着、推拥着，填充了地面上的每一道空隙，给林溪织上了一层浓密的绿色地毯。一些植物甚至还与村民们争夺起空间来，村前屋后的小路边，簇拥的水蓼、芭茅、马鞭草，从两边挤过来，即使村民们每天从路上踏过，也阻止不了它们不可遏制的扩张，硬是将一条土路挤成了仅可过人的“羊肠小道”，仿佛立志要将人们从村庄里挤将出去似的。树木也填满了村后的山冈，柴草密得牲畜都进不去。还有那纵横交错的田埂，完全成了油草的王国，没膝的草叶缠住行人的脚步，宛如在警告着人们——这个闯入者的莽撞。

这是江南的五月，也是林溪的五月。

而在林溪，五月最为盛大的生命赞歌莫过于那宽广的稻田。你看，经过两个多月的分蘖，那一株株稻苗如待字闺中的少女，亭亭玉立，丰满圆润，风姿绰约。修长的稻叶是她善舞的长袖，在风中轻轻地摩挲；饱满的稻梗浑身蕴涵着盎然的生机。她已经完全成熟，身体已经生长到了极致的完美，接下来，她将孕育苞谷，将一季丰收从点滴中积蓄起来。一棵棵的稻子整齐地站在地里，成片成片地守候着林溪。这环绕在林溪的无数稻苗，着了青翠的绿意，仿佛一场盛大的典礼，让人们看到丰收的前兆，生命的滋养，看到希望与充实。稻子们散发着酣畅的生命芬芳，被一阵清风送到了全村人的鼻腔，汁液的浓郁甜味弥漫了全村。林溪在稻田的环绕中也有了几份醉意，除了黄鹂的鸣唱、蜻蜓的徘徊、云朵在池塘中慢慢移动的倒影，整个村庄都是那么恬静——林溪一定是在等待即将到来的盛大收获吧！灌溉，施最后一次肥，人们在静候五月之绿变成七月之黄，等待时光之手，将一个可以预期的丰收，从田间搬回到谷仓。

大自然从来不吝啬自己的馈赠，相反，她总是以自己源源不断的馈赠向人们证明自己存在的价值。五月，无论你从哪个角度进入林溪，你都会被大自然的博大无私、蓬勃生机所感动。

抚育稻子的一生

稻子是林溪最基本的粮食，是林溪的衣食父母，是林溪的生命保障，是林溪的依靠、信仰和精神皈依。稻子是林溪人与大自然之间交流的可靠信使，也是大自然给林溪人最丰厚的礼物。在林溪，人们也种其他庄稼，如红薯、瓜果、各色菜蔬、棉花、玉米，甚至有些年还种些苎麻。但没有任何一种庄稼，比稻子让林溪人花费的力气更多，操心更多，也没有任何一种庄稼比稻子更让人们舍得土地去种植。在林溪，上好的田地都是用来种稻子的，最好的肥料也是施到水稻田里去的，甚至家中的农具，最多的也是用来侍弄稻子的。

在林溪，稻子是如此神圣不可或缺。

初春，外祖父来我家帮忙插早稻，常常一边赶着黄牛在水田里犁田，一边把谚语挂在嘴边："三十五天秧，七十五天禾，一百一十天才收获"。外祖父说的是早稻的种植周期，而种植晚稻所需的时间则还要更长。早稻跨越春夏两季，晚稻则跨越夏秋两季。在所有庄稼中，没有哪一种能比稻子花费人们更多的时间。在一百多天的时间里，一粒种子从发芽到奉献出一束金色的谷穗，其间要经历多少的风风雨雨！人们又得付出多少的气力与汗水！虽然我已远离稼穑十余年，但我仍然能回忆起种植稻子繁复艰辛的过程：浸种、包种、整秧田、播种、放水、晒泥、施秧肥、拔秧苗、插秧、除草、除虫、割稻、打稻子（脱粒）、晒谷子，最后归仓。自古都用"锄禾日当午，汗滴禾下土"来形容稼穑之艰，只有林溪人知道，这其实远不是种植稻子艰辛过程的全部。它们每一道程序都不可疏忽、不可怠慢，都需要脚到手到，需要汗水的浸渍。

浸种是稻子一生的开始。"懵懵懂懂，清明下种”。清明前后，天空慢慢明亮起来，太阳照在身上有一些暖意，棉袄上紧扣了一冬的扣子终于可以解开了。虽然树上的枝杈间还被残冬紧锁着，但吹拂到脸上的风却不再那么萧瑟。要浸种谷了。父亲脱了棉衣，露出里面的毛线背心。他甩开膀子，将一蛇皮袋谷子小心翼翼地从阁楼上放下，再分装在两个袋子里。他来到钟家井塘边，在岸边的泥土上钉下一段木桩，将绳子一头系在木桩上，一头系紧装了半袋种谷的蛇皮袋。检查牢实之后，父亲再将袋子慢慢放入池水中。依然冰冷的池水没过袋口，只留下一段绳索系在岸上的木桩上。随着袋子里“咕噜咕噜”地冒起一串水泡，谷子就开始了它漫长一生的第一步。我相信，谷子是知道季节的，它的感应直接接通了大自然，即使从冰冷的池水中，它也能感觉到春天的召唤，也能感觉到大地万物的季候和生命的节律。种谷该浸泡三天还是五天，得看当时的气温而定，只要待种谷开始发芽了，就得立即捞起来，进入下一阶段——包种谷。要是浸久了，种谷就会沤烂，必须得重新再来；浸泡不够的话，种子发芽率低，等秧苗长出来之后，才发现稀稀的几棵，这一年肯定要少了秧苗。父亲很少失过手，一则是得于上天的厚爱，另一则恐怕是经验的作用了。村里有几户人家，几乎每年都要失手，不是重新浸种，就是到插秧时少了苗，东家讨西家要的，弄得很是尴尬，花费了不少面子。

种谷捞上来之后，放在家里，用稻秆包起来保温，让它继续发芽。这时，父亲每半天就会去看一次，用手伸进去摸一摸，试试温度。那么多的谷子在一起生长发芽，一般会产生比较高的热量。但要是一时温度太高，稚嫩的谷芽就会灼伤，种谷又要被“烧”掉了，发芽率很低。这时，父亲就会找来冷水，把谷子浇透，给它们降降温。要是正好遇上几天作“清明寒”，种谷包起来后温度始终太低，则说明谷子发芽不正常，缺少必要的温度。这时，父亲又要烧一些温水，给它来回地浇几遍，给种谷暖暖身子，再细心地、严实地包裹起来。直到种谷芽有半寸长了，才可以播撒到已经准备好的秧田里了。

种谷看起来贱，侍弄起来却马虎不得一点。其实，与种谷一样经不起疏忽的，还有农民们的生活，稍有不慎，一年的生计就要受影响了。但是，通过精心的劳作，亲眼看着一颗种子慢慢地发芽、生根，神奇地长成一棵清新的小苗，孕育着新的希望，你会觉得你正在与大自然进行对话和交流，你自己获得了大自然的充分信任，而大自然在你的面前也放下了它神秘的面纱与你坦诚相见——这种人与上帝的协作，是在任何工业化的流程中所无法体验到的。难怪父亲在包种谷的整个过程中都十分地虔诚，仿佛随时有神明在注视着自己。有时，我们这些小孩围在一旁观看，不小心说了一句不恭敬的话，父亲就要瞪着眼睛把我们哄开。

农村的劳作与生活，始终有上帝在场，否则，你怎么会相信一粒金黄的谷子，几个月之后就能变成金黄的稻穗呢？乡村与上帝的距离，比城市要近得多。

三月，布谷鸟从林溪的旷野上飞过。它一遍遍地吟唱："割麦栽禾——割麦栽禾——"酣畅的雨水将水田注满了，明晃晃如一面面镜子。早插在挥赶耕牛的鞭子脆响中开始了。

"远看青山凛凛，近看露水飘飘，拣好日子嫁女，黄带子系腰。"这个拔秧插禾的乡间谜语，在林溪一带流传甚广，通常成为人们劳作中活跃气氛、缓解疲劳的精神调料。青山凛凛、露水飘飘，都是对秧苗的形象描绘，而拣好日子嫁女，即是指择日插秧；黄带子系腰是指每一把秧苗都用一根干稻秆捆扎起来。将稻子的小秧苗移插到大田中，对于稻子的一生来说，无异于隆重的成人仪式。从秧田到大田，从秧苗到禾苗，既是位置的变化，又是身份的变化。而对于农民们来说，插秧则是繁重的水稻种植过程的第一步。想想看，要将秧苗一棵棵地分插到一丘丘的水田中，会是一项多么辛苦的工作。每一棵稻子都是从农民们的手指间分离出去的秧苗，这一望无垠的稻田，它们凝结了农人们的多少辛劳啊！

从师范学校毕业回到林溪的那几年，我亲眼看着日趋苍老的父母起早贪黑在地里忙，一天下来，背都累得直不起了，双手关节僵曲，食指尖因插秧磨起了老茧，脚上和手上的皮肤也浸漂得起了皱褶。学校放农忙假了，我义无反顾地加入了这一插秧的队伍。我是人民教师，但依然还是农民的儿子。我回到林溪，拔秧、插秧，在泥泞的田埂上行走、摔倒，趟过灌溉过的水田，在雨水中坚守插秧的岗位……疲惫的身心和满身泥水，与眼前这天光云影、水天一色的稻田美景如此不相协调，常常引发我深深的困惑：为什么乡村的美，总是必然地与艰辛的劳作如影随形？我辛劳的父老乡亲，为什么总是无人听到你疲惫的叹息？

其实，在稻子种植中，更为艰辛的劳作莫过于每年的“双抢”。林溪的水稻每年种植两季。七月流火，大地四处都如火燎般地焦渴，毒花花的太阳是农人们的最大敌人，但它却又是稻子最喜爱的。骄阳之下，稻子成熟得很快，几天前还是青里透黄，再过三五天，整个林溪就被稻子们编织的金色地毯所烘托了，谷香飘溢在村庄上空，天空处处都是飞鸟的忙碌身影。同样，栽在秧田里的晚稻秧苗，也是太阳的追逐者，在七月的艳阳下疯狂拔节。农谚有“晚稻不过秋，过秋九不收”一说，又有“千犁万耙，不如早栽一夜”一说。农人们必须赶在七月份内，与时间赛跑、与天气竞争，与烈日抗衡，与疲劳作对，既要把所有的早稻全部收割、脱粒（打禾）、归仓，还要将所有的晚稻全部栽下。

于农民而言，如此大密度的劳动，简直与酷刑无异。我觉得没有什么农活比在烈日下给晒干的稻子脱粒更加考验人的身体的。炽白的烈日透过草帽强烈地辐射到脸膛上，额上的汗水如雨般流下，有时流进眼睛里辣得眼角一阵疼痛。背上的汗水浸湿了衣服，在边缘形成两三圈白色的盐渍，生硬硬的，割得皮肤奇痛。随着打禾机滚轮的飞速旋转，与谷子一起卷起的稻秆碎屑飞扬起来，钻进鼻孔，让人堵得心慌。此外，你还不得不在稻田里来来回回地取已割倒晒干的稻子，使劲地踏打禾机的脚踏板带动滚轮旋转。你还得赶时间，趁着烈日把事做完，否则，脱粒将更加困难；你还得把脱粒完的谷子一袋一袋地扛回家，还得把剩下的稻秆整齐地捆扎起来码放在地里晒干。每干一两个小时，便常常使人头晕目眩，焦渴难熬。金色的稻谷，其实所着的乃是汗水的颜色。

那些年，我想得最多的就是：如何改变林溪，让秀美的林溪过上与她的美相匹配的生活？假如我无力改变林溪这样的生活，我又如何能够拯救我自己？

堆积的粮食

八月，金色的阳光铺满大地。

林溪村屋前屋后的空地上，大片大片地晒着稻谷。稻谷均匀地铺陈在竹簟上，在阳光下粒粒闪耀着黄金般的光泽，使整个林溪都沉浸在收获的喜气洋溢之中。稻秆也让农人们给码了起来，精心地堆积成了圆垛，以备冬天给牛做食料、给过冬的牲畜御寒。傍晚，晒干的稻谷用竹囤子一圈一圈地垒起来，丰收的年岁，谷子堆在家里比人还高。父亲没事的时候常常绕着谷堆，看一看，摸一摸，脸上浮现着得意之色，“双抢”时节的辛劳似乎已成了不屑一提的遥远往事。

有一段时间，我们就枕着这成堆的谷子睡眠。谷堆就在床头，占据了我们本来不宽敞的屋子。半夜，老鼠成群结队跑来啃食，有时甚至相互追逐戏闹，将我从梦中惊醒。但只要谁故意咳嗽一声，它们就立即停止了所有声音，静得出奇。过一会儿，听到再没什么动静了，老鼠重又肆无忌惮地狂欢。第二天早上，谷堆上一定会留下一层被啃去米粒的空谷壳。

谷堆占据我们的家太久了，我觉得有些别扭。

“这多么谷子，我们哪吃得完？”我问父亲。

"吃不完的就拿去卖，卖了钱给你交学费。"父亲一边说，一边堆放稻谷。

果然，没几天后的一大早，父亲装了满满一板车稻谷要去镇上的粮站粜谷了。两轮板车的轮胎早已充足了气，但在谷子的重压之下，仍然微微地有些塌。我和哥哥被母亲分派去打下手，帮助父亲推板车。父亲在前面拉，一根粗麻绳紧紧地绾住父亲的肩头；每到上坡的时候，父亲的身体使劲往前倾倒过去，一步一伐地挨着前行。我们兄弟俩则在后面用力推，用尽了吃奶的力气，哥哥的脸色因使劲已涨得通红。好在过了宠江山的小土丘之后，去集镇的一路再没什么明显的陡坡了。对我们兄弟而言，跟父亲去粜谷的新鲜劲儿，始终多于一路推车的疲劳。

到粮站时，火红的太阳已经升起来了，孤独地悬挂在袁河平原的上空。粮站位于浙赣铁路边上，火车时不时从旁边呼啸而过。围墙里几排高大的粮仓静静地矗立着，庄重沉稳。粮仓之间的空地上，不知为什么到处都是随风飞扬的秕谷；有的水泥空地上也铺着谷子，看起来是专门用来晒稻谷的地方。几辆稻谷堆得高高的板车停在一台大磅秤前边。我们依次排队，等待质检员前来验收。不久，从四邻八乡赶来的装满稻谷的板车越来越多，渐渐地汇拢来，形成一条长龙，一直延伸到粮站门外的马路上。

大约早餐过后，质检开始了。两个质检员手持锥子，一副目光涣散、漫不经心的神色，在两列板车之间摇摇晃晃，只是偶尔将锥子扎进蛇皮袋子中抽样。锥子拔出来时里面已装满了谷子，质检员倒出来放在手掌里，满不在意地拨弄着，检查稻谷里是否含有杂物；偶尔他也抓几粒，扔进嘴里咬，试试稻谷是否已经晒干。一旁等候的农民，脸上堆满笑容，还递过特意准备的好烟，希望讨得质检员的欢心。这时，质检员往往装出一副极其认真负责的样子，不管稻谷质量如何，他们总要时不时给几辆板车的稻谷判个不合格，在蛇皮袋上画上个红色的大叉。

“重新车过！”

农民只好找来风车，将谷子重新车一遍，扬去那些稻叶之类的杂物。

“没晒干啊！”

农民只好在粮站临时找个地方，铺开来再晒上一天，简直令人欲哭无泪。

有几次，我家的稻谷就被判了“没晒干”。父亲求爷爷告奶奶找了块地方重晒，傍晚收谷子的时候又求人借工具，重新质检、过磅，折腾了一整天。有的农户的谷子明显按照要求在家里晒了三个大晴天，可质检员一时的不高兴，给人家判个不合格，结果引起农民不满而起纠纷也是隔三差五常有的事。但谁又能敌得过这么大的一个粮站呢？难道谁还有别的地方可以去粜粮食么？

质检过后才是过秤、送仓、记账……

尽管粜谷有时颇费周折，但将稻谷换成实实在在的钞票，总是件令人高兴的事。毕竟，还有很多地方等着用钱呢。柴米油盐、儿女上学、衣食住行、头痛脑热、化肥农药……它们像一个个无底洞，在钞票还没到手的时候就已经分配殆尽。

后来我才明白，其实并非每次推稻谷去粮站，都能如愿地换回钞票。有好几年，粮站只能给出“白条”，到年底都不一定能兑现。有时，你必须得先完成“公粮”任务，然后才完成“定购粮”任务，如果还有足够的稻谷可以粜给粮站的话，才是可以兑成现金的“钱粮”。公粮相当于税赋，是完全无偿上交的粮食；定购粮则是年初就已计划好的，政府定量定价向农民采购的粮食，只按照既定的低于市场的价格交易，否则，你无法进入第三种交易：可以按照市场价格进行的“钱粮”交易。二零一二年冬，我回到老家，从父亲收拾在一起的破碎纸片中找到了我们家一九九五年的《粮油折》，上面记录了当年我家的粮油任务，抄录如下：

全年粮食总任务数：1180公斤；

其中：粮食定购：934公斤

粮食议购：252公斤

……

一九九八年，随着农业税和教育附加费、田亩费、水费等各种杂费负担逐渐超出土地的实际产出，林溪村出现了我所见过的第一次大面积抛荒。成片的土地没有人耕作了，人们纷纷南下广东、福建，东到江苏、浙江打工。那些年，土地成了没人要的烫手山芋，南边下冈、北边上风，都是林溪上好的田地，却成片成片变成杂草丛生的荒地。每次回老家，我也劝说父母亲：你们年纪已经不小了，现在作稻子这么不划算，就不要再作了。父亲后来果真将稻田给了村里的单身汉世根耕作去了，但每年每亩地数百元村提留和乡统筹、教育附加费之类的税费，却还是父亲负担着。好在这样的时光并不算很长，二零零三年，随着农业税的全面取消，农村又渐渐恢复了旧有的生机。再几年，林溪的土地就被开发区一片片征用了，水稻面积一日日缩小。现今，林溪人爱过又恨过的水稻生产，基本上成了离不开村子的几个老人的职业了。不少人都进了开发区的工厂，每个月数着一张张的现钞，谁还再会在乎那一点点稻子？

蓝天白云之下，金色的稻浪环绕着村庄，这样的景致，从此再也没有在林溪呈现过。

天亦有疾

1

我一直在猜想，父亲那些年的怪疾与他当年身体受过农药的严重摧残是否有着某种曲折而必然的联系。

前几年，父亲忽然患上了一种怪疾。怪疾的表现之一就是常常莫名地发高烧，一阵一阵，如涨潮一般席卷而来，又如退潮一般地哗啦啦而去，每次来去都是那么猛烈、决然、无可阻挡，好像不容任何商量的余地。

首先是冷。即使酷暑六月，父亲也依然冷得牙齿咯咯咯地响，脸色苍白，仿佛父亲的骨髓深处藏着一座巨大无边的冰山。母亲给他盖了三层被子，父亲还是一个劲地往里蜷缩，嘴里反复地咬着两个字：冷呀！冷呀！我们一家人站在病床前束手无策，除了心急如焚之外，只好不停地喊医生。母亲看得心痛，从被子外紧紧地捂住父亲，将被子裹得严严实实给父亲取暖。但这也无济于事，父亲依然激烈地颤抖，晃得整个床都跟着抖动起来。过了好一会儿，不再打冷战了，父亲慢慢平静下来。父亲睁开眼睛，看看我们，深深地叹息一声，仿佛刚刚从地里劳作回来，满身疲惫。接下来就是发汗。全身的衣服都被汗水一遍遍浸湿了。我简直不相信父亲哪来这么多的汗水，他似乎要把这辈子曾经出过的汗水再在我们面前演示一遍似的。我们怕父亲又要伤风感冒，不停地给父亲换下被汗水浸渍的衣服，一身，两身，三身，换出来的衣服装满了塑料桶。那段时期，这样的过程，父亲几乎每天都要操演几遍。父亲身陷痛苦之中无法自拔，不久就疲惫得不成样子了，看上去让人心痛地苍老了许多。

急了，我们就喊医生，其实医生也没有多少办法。起初是打退烧针、吃退烧药，消炎，打点滴。抗生素一代代地升级，从第一代到第六代，直到再也没有退路，可依然不见效果。偶尔一时有点效果，过两天又依然如故，父亲躺在床上，依然是一波一波地发高烧。同时进行的，自然还有无休止的检查。为了找到病灶，医生使用了各种手段，在父亲的身体里翻箱倒柜地寻找，几乎把父亲的血肉掀了个底朝天。血常规、B超、CT、核磁共振；从胸部到脑部，到五脏六腑，最后血液也查了，甚至还做了骨穿，仍没有发现疾病狡猾的狐狸尾巴。各种可能都考虑过，打摆子、肺炎、肌肉炎、类风湿关节炎、红斑狼疮等等，还有很多我们叫不出名字的疾病。父亲依然彻骨地寒冷，一波一波地发高烧。中医也试过。本地的各大名医，有白发苍苍的老人，有成熟老到的壮年，还有高学历、从大城市回来的年轻人，望闻问切，都十分认真。几个月下去，还是没有任何定论。西医更不用说了，本地所有像样点的医院都去过，所有有些名气的医生都试过，依然没个说法。在全家人的憔悴中，最后，哥哥带父亲去了省城南昌，在二附医院住院，重新全面检查，但仍没发现疾病的任何蛛丝马迹。医生对着哥哥摇摇头，不知从何下手，口里说的却是：好好的，没什么大病。

父亲也许真的没什么大病，只是被一只看不见的上帝之手所掌握；父亲也许真的没什么大病，只是冥冥之中卷入了某件与上帝有关的事件，被上帝暂时所羁押。作为一家之长，病倒的父亲让我们全家人都陷入了焦灼之中。我们每天的主题都是父亲的疾病，每天的情绪都系在父亲的病痛上。父亲重新回到乡下林溪，慢慢地养，希望大自然的调节能给绝望的父亲一个机会。母亲留下来在林溪照顾父亲，也渐渐地瘦下去了，眼圈开始发黑。焦虑加上疲惫，甚至使得一向开朗幽默的母亲也变得郁郁寡欢了。哥哥开着那辆掉漆的昌河面包车，三天两头往老家跑，给父亲送药，带父亲去不同的医院，一个一个地寻找当地的名医，打听乡下郎中的偏方和类似的病例。村里人常常来看望父亲，讲述着种种疾病案例。母亲听了村里族人们的说辞，以为父亲一定是什么时候中了邪。一向不信鬼神的母亲，有一次还瞒着我们不辞路远去了峡江县问神，甚至请回来一尊观音，放在厅堂中间烧香。可父亲依然是高烧不断，一波又一波地摧残着他早已虚弱不堪的身体。

哥哥从来没有放弃过。半年之后，哥哥第三次带着父亲在省二附医院问诊，父亲的病情才偶然有了转机。与父亲同龄的女医生温文尔雅，认真地看完父亲的各种堆积在一起的检查报告后，将前面的医生狠狠地骂了个遍。女医生说出一个我们从来没有听过的名字：织缔组织病。她骂完后平静地给父亲开药，告诉父亲今后如何长期服药。父亲领了简单的几种药品回家，按照医生的指定的疗程服用，不久就有了好转。发烧的频率明显减少，父亲灰暗的脸上慢慢亮敞起来了。

我循着“织缔组织病”查找了一些资料。原来这种病发病率很低，其实乃是免疫系统出了问题。但我思考的是，父亲为什么免疫系统会出问题呢？如果不是天命使然，那么原因在哪里？医生也没有留给我们太多的答案。我回想父亲这一辈所处的环境，所经历的往事，对身体有过的伤害，唯一得出的答案就是：这免疫系统的问题，或许与父亲当年的农药中毒有关！

2

我记不清父亲到底经历过多少次大大小小的农药中毒事件了。但作为一个并不学医的人，我却至今还记得一个与农药中毒、与父亲有关的药品名词：阿托品。阿托品是一种治疗农药中毒的特效解药。

"阿托品，阿托品！"不知有多少次，姑父急匆匆把自行车扔倒在我家的门前，取了后架上的阿托品小跑进了我家，跟在后面去请姑父的哥哥气喘吁吁。父亲已经被邻居们抬到了我家的床上，急促地喘着气，脸色十分难看。姑父是邻村宠江人，是村里的赤脚医生，他的药箱里总是备有阿托品。每次父亲农药中毒都是姑父前来抢救。姑父当机立断给父亲扎下两支阿托品，然后与我们一起守候在旁边观察后面的表现，直到觉得不需要再送镇卫生所治疗才离去。

父亲常常是在给棉花喷洒农药时中毒的。棉花是林溪的主要经济作物，种植面积仅次于水稻。在林溪，水源充足的地方种植水稻，而地势高、水浇不到的地方基本种植的是棉花。夏季，棉花树苗就已高过父亲的头顶。每次喷洒农药，父亲都要钻进棉花森林般的枝丫间，高高地举起喷头，让雾一样的药水落到了棉花的每一片叶面上。但同时，刺鼻的药水也进入了父亲的呼吸系统。而按照喷洒农药的要求，以上午喷洒为效果最佳。父亲往往一早出门，背上小型农药喷雾器，直到中午才能将全部的棉花喷洒完一遍。半天下来，他不知不觉中已经呼吸进去了多少药物？也有时，父亲背的小型喷雾器漏水，父亲全身都浸泡在农药水中，哪有不中毒的？

三番五次农药中毒，母亲便责怪父亲不注意保护好自己。殊不知，农药中毒事件，当年在林溪是常常要发生的。因为所有的棉花，为消灭棉铃虫和红蜘蛛，每个星期要人工喷施一次剧毒的农药——甲胺膦。

有几回，父亲农药中毒比较严重，姑父的阿托品扎下去，还不见什么好转。我们决定将父亲送镇卫生所去。我们找来板车，极简单地铺上被子，将父亲放进板车里，趁着月色拉父亲到镇卫生所。镇里的医生处理类似的中毒病人已是相当熟练了，只要不是太延误时机，一般都能妙手回春，打完几瓶吊针后病人就能自己回去。

父亲是幸运的，每次都能化险为夷，平安地渡过难关。而在镇卫生所，有几次，我们听到因农药中毒失去生命后亲人撕心裂肺的恸哭。那哭声，在夜幕之中回响，格外地悲哀，只哭得路人的心不断沉下去、沉下去。

我想，当年这一次次的农药中毒，父亲的免疫系统也一次次地被破坏、被突破，给父亲日后的健康埋下了巨大的隐患。

棉花树受了农药喷洒，长得格外地健壮，产量也格外高。田岗里，成片的棉树绿叶田田，开着诡谲的花朵，苍白的、艳丽的，如纸花一样轻薄，似乎每一朵花背后，都隐藏着一个巨大的不可言说的秘密。

第三辑　林溪之殇

二零零六年的村庄

悬案

林溪村林木环绕。从或深或浅的绿色树林间，可以看到那些已粉刷或未曾粉刷的洋楼，偶尔也能看到已存不多的老屋上长满绿苔的青瓦。村北，推土机突突突地昼夜不歇，将新鲜松软的红土堆得山高，身后，一条宽阔的公路（未来的街道？）正在生长延伸。村南，一堵高大的围墙绵延数百米，严严实实地截住了人们原本开阔的视线，同时也成为村庄与工业园区间神圣不可逾越的屏障。东西两面依然保持她的原始风貌，深绿而安静的油茶林，不太规则的稻田，高高低低的棉地，蜿蜒的沟渠——一轮血红浑圆的夕阳，无声地滚动在天边，最后，在乌鸦的鼓噪中沉沦到远处影子似的草垛山后，林溪随即被夜幕笼罩。

二零零二年的林溪已经四面楚歌。从外面看去，她依然如故，带瓦的屋舍，新楼的铝合金，桃李梧桐，泥泞的村道，畜粪的气息，鸡鸣牛哞，田埂上挑着农具匆匆进出的人们。但从那暗自的叹息，迷漫的泪水，飘忽的眼神，歇斯底里的尖叫，半夜的恸哭和可疑的狗吠中，我感到了一种刺穿心肺的尖锐，一种无可挽回的断裂，一种夕阳西下的悲怆。

这种断裂和悲怆，像村前的那片秀竹林里的新笋一样，在一场春雨后突然出现在人们面前。春天的桃花开了，衬着灰色的大地，灿烂地映照着刚刚从冬天苏醒过来的村庄。可接下来的却是倒春寒三番五次无情的蹂躏。三月十三日，一场阳春雪，纷纷扬扬。绿色被彻底摧毁。我感到一种不祥徘徊在村子上空。不久，对林溪虎视眈眈的开发区，终于摊开了它的攫取之手，向村民暴露了它难填的欲壑：征地三百亩，其中山地一百亩，良田二百亩。不容置疑的口气。

这是迟早要来的。无论是从邻近几个早已灰飞烟灭片瓦不留的村庄的命运里，还是从日益膨胀的开发区深不见底的欲望中，无不可以预测到侧卧开发区旁村庄的必然命运。好在这次并没有要了林溪的全部，对一个有着千年历史的村庄来说，还不算是致命的。全村有山地六百余亩，其中良田三百七十七亩。

镇长、蹲点干部、村支书、村主任、征地办干部，走马灯似地在村前村后闪过他们的影子，远远的，可望而不可即，有的甚至影子也看不到。他们好像很少说话，可在村里却无时无处不能听到他们的声音。他们通过一张共同的口在说话：村长——一个年近七十岁、只字不识的资深农民，任村长十年，长得人高马大，脸膛黑红，不善言辞，好酒，常醉。

村民无法准确把握这“千年未有之变局”。但他们也在说话。开始，语言是杂乱的，不久，从或欢欣鼓舞、或怨声叹息、或隔岸观火的话语中，渐渐有一个声音清晰起来：坚决不肯。不是因为对土地过分依恋，也不是舍不得种田，理由是：一万一亩，太便宜。

群情激愤。十几个年轻的男子来到村长家。领头的身高一米八，人称“长子”。年轻人扬言：谁卖地，谁就是卖祖宗，要是谁在协议书上签字卖地，非让他从大伙胯下钻过去。卖祖宗在村里已算是够狠的话了，更不用说胯下之辱。

三月的风在田岗上暖暖地吹过，庄稼慢慢地舒张着慵懒的身体。可村子上空却没有一丝风，闷闷的。空气凝固了，像城里的小孩和年轻的太太们爱吃的果冻一样胶着，一样脆弱，仿佛只要谁大喝一声，空气就要震得碎裂开来，如击中的玻璃噼里啪啦掉下。

那一夜，村里的狗彻夜狂吠，叫得有些离奇。年近九旬的祖父说，这是不祥之吠，村里每有重大的变故，狗都是这样狂吠不止。他，五四运动那年出生，行走过江湖，躲避过北伐，逃亡过抗日，参加过农会，前半生以相命为业，后半生以务农度日。

老人一语成谶。第二天，村长拿着签好字的征地协议书找到村民代表和仅有的两名党员：他要辞职。在征地协议书上签过字的村长辞职了。

半壁江山。意料之中，也意料之外。有好言者得出结论："老百姓是搞不赢政府的。"村民看来，村长就是最小的政府。至今没有人弄明白，是什么原因让村长冒着出卖祖宗之骂名签下了字（其实他除了自己的名字以外，不会写任何字）。有人说，政府一次性给了他十万，够他一辈子享用；也有人说是五万；还有人说，钱不是政府给的，政府不可能做犯法的事，钱是买地的老板给的。村长自己则说，他分文未取，只是抵挡不住镇干部轮番做思想工作和好烟好酒好菜招待，吃是吃了，但没有"兜荷包"。他自己深感罪孽深重，对不起大家，甘愿辞职。这成了一桩永远也扯不清的悬案。

辞职的村长成了普通的村民，没有任何人要他从胯下钻过去，事实上，也从来没有人把这句带人格侮辱的话当真。当事实已经发生了，村民们往往会表现出他们一贯的无奈和宽容。而带领年轻人威胁过村长的“长子”，无意中成了强硬的英雄，在随后的村民选举中，众望所归，一举推为新的村长。

覆手之间，村庄已经改朝换代。一个旧王朝灰飞烟灭土崩瓦解，一个新王朝浮出水面，一桩悬案也旋即为新的焦点替代，被人迅速遗忘。

林溪虽小，却与大千世界同构。

撕 裂

强烈的震颤之后，则是阴柔而持久的撕裂。暗地里有几种不同方向的力量在撕扯，仿佛要把林溪撕成千丝万缕粉身碎骨。

全村五十余户两百余人，因读书、当兵、躲“计划生育”和早年买“商品粮”户口而迁出去的三十余人。有三个姓氏，其中何姓、胡姓为原住民。廖姓是“文化大革命”时期从浙赣铁路旁的一个村庄迁来的地主，现在才四五户人家。三姓之间互有联姻，早已融合为完整的一体。胡氏有两支，一支四五十户，几乎没有人离开村庄，作田打地一辈又一辈。另一支二三十户，在外工作的十几人，曾有人当过副县长，还有医生、老师、机关干部、工人，也有买“商品粮”户口出去却没有固定工作的人。

五月，征地款下来了，三百余万元。

钱在这个时代总是不可避免地置于话题的中心。人均一万五，这道简单的数学题在人们的心里演算了一遍又一遍。当然，也有人列出了各种不同的算法。比如，如果廖姓的人不算，平均多少？如果户口迁出去了的不算，平均又是多少？如果那些躲“计划生育”回来的人不算，平均多少？如果那些因超生至今没有户口的人不算，平均又是多少？如果全不算或全算，部分算或部分不算，又各是多少？最终的商数像一个极大的漩涡，巨大的吸引力将一些人的乡情、亲情甚至良心都吸进去了。有人在盘算自己怎样分得更多，有人在盘算如何让自己的冤家分得更少，有人在盘算用这些钱改善生活，有人在盘算用这些钱上赌场、做生意、造房子、治老病、送子女上学读书，还有人在盘算到手的钱打发常追在屁股背后的讨债人……

镇政府将征地款打到了村委账上：没有明文规定，怎么分钱都行，只要不出事。

R的全家刚迁回村里不久。一九八四年吧，他膝下已有三个女儿了。乡政府计生办已经将他家的房子扒了，却并没有动摇他生儿子的决心。他携妻带女迁入了邻县的山区，租了人家一块地，一住就是二十多年。去年，风闻开发区要征地了，才举家迁回村里。这时，他已是两鬓斑白，步履蹒跚，最小的儿子，已经一米七高了。F是个郎中，祖传秘方让他家生活还算殷实。女儿前几年结婚，丈夫是湖南人，她没把户口迁过去。如今她已生了一个儿子，户籍跟妈妈在一起留在了村里。可她还算是村里的一员吗？Y是买“商品粮”户口迁往城区的，一直没有工作，全家生活也没有保障。除了没有村里的户籍，他与普通农民没其他两样。考上大学的男子，他们是当年村集体的一员，户口从村集体迁走时，没带走一根稻草。廖姓人家七十年代才迁来，不过三十年，祖宗并不在这里。

……

各在陈述理由。集体财产，人人有份。户口不在村里的不算村集体一员。祖宗基业，无论在不在村里，是祖宗儿孙都有份。土地是农民生活的保障，只有村里的农民有份。如果嫁了的女儿有份，以后村里的女儿都不嫁了怎么办？土地不是廖姓的祖业。

威胁、恐吓、警告、争论、辱骂、猜忌、拉拢、反目、分裂、团结、家族荣誉……像病菌一样在空气中滋生蔓延开来，宿怨被高高地挑起，陈年往事挂在嘴边。

林溪平静的夜晚又一次被狗的狂吠吵醒。半夜，谁在辗转反侧难以入眠？谁在窃窃私语密谋一个计划？谁家的电灯亮了又灭了？

官司是不可避免的。十月，不满意的廖姓人家和F郎中请来的律师在法庭上振振有词。宪法。平等。义务。集体一员。送礼。他妈的法官的胃口。两面派律师。历史问题。法律被无限放大，充当了貌似公允的裁判，而人情被压缩到了一个最小的角落。被告席上的村长一言不发，他知道村里败诉不可避免。旁听的村民已有交代：败了官司不出钱。

判决成了一纸空文，但撕裂产生了。新村长在撕裂中飘摇了八个月，然后无可奈何地挂冠而去，命运与前任村长相同。他颓唐地叹息着说，“我辜负了大家的期望，我没这个能力。”之后，他继续去干他的老行当，做土方工程的小包工头了。

村长无疑是个逃跑者，但更是个冤大头。要个人来承担一个村子无可挽回的撕裂，期望显然过高。僵冷的空气盘旋在村庄里，不知要多久才能被风吹散。看似屋檐绾结的一个村庄，其实已经像蜂窝一样千疮百孔。

春节前几天，继任的村长将征地款挨家挨户送去。之前，镇政府说了，要确保春节稳定，没有人上访。

七八岁就没了父母的X，住的房子一直是借的。哥哥大约四十岁时，才在外地做了人家的上门女婿，前两年才回来，还是借屋住。X三十七八岁才经人介绍娶了一个癫痫女人，超计划生育生下了两个男孩。从未拥有过一千元现金的他，忽然就有了一辈子也挣不到的六万元，他觉得一辈子再也不会穷了。

可还有人继续抗争，拒绝领钱，愤懑使他们的脸孔扭曲而僵硬。从此，田岗的道路上，多了一些视而不见的陌路人，少了一些捧着自家新摘的菜蔬送人的邻居。

开发区像掰馒头一样从林溪南北两头各掰走了一块，而村民却还在无休止的撕裂中煎熬。开发区蒸蒸日上，林溪却从此沉沦而下。

沉沦

太阳依然每天从那片油茶林中升起。人们依然每天迎着朝阳出冈（下田干农活），背着夕阳回家，依然种稻子种棉花，依然每家每户种西瓜、栽红薯，依然用牛耕田，依然每晚老人小孩看只有三个频道的电视，青壮年们通宵达旦打扑克、打麻将。人们依然用压水井汲出清凉可口的井水，依然每周五挑着谷子到粉尘飞扬的磨房排队碾米，依然每逢农历二、五、八成群结伙到镇上赶集。依然有小媳妇用最恶毒的语言咒骂年迈的公婆，依然有人打工过年没有回家，依然有人在城里被骗，也依然有人结婚，有新生命诞生和老者离去。依然有苦命女人不堪忍受生活重压寻死觅活，依然有单身汉熬着苦日子，依然有人抱着孩子四处求医……

但也有不同。赶集不再走那条走了几十年的老路了（路与地一起被征了）。扑克、麻将的赌注大了。小伙子娶媳妇的年纪小了（好几个还没到法定年龄的小伙子结了婚）。摩托车越买越高级了。口袋鼓了。人说话的口气越来越大了。村里将大片的荒山开垦了（开垦的荒山每亩可多卖一万元），水稻田抛荒的却多了。有的人走了好运，也有人走了噩运。有的人发达了，也有人沉沦了……

我写这文章时，我一位叔叔正孤身一人亡命天涯。

我不知从何处下笔来描述他——这个学武术得过散打冠军、办过武校，做生意也算顺利，甚至成为村里第一个买小汽车的人。看上去，他算是一个英俊的人，坚硬而竖直的平头，干净的脸庞，体面，和善，说话掷地有声，但也刚愎自用。有一年春节在我家耍扑克牌，暗藏玄机，有点神龙见首不见尾的感觉。后来还听说，熟悉他的人没有敢和他打牌的。可事实上，正是这一点奇技淫巧害了他，让二零零六年成为他转不过去的拐点。他染指赌博，涉及放高利贷的黑社会。三月份，曾有人见他赢过六十万，后来就一直输。他确实是一个不认输的人，我不知道他这时对自己的技术还有多少自信，自己后半生的生活是否还记在心上，两个孩子此刻又在他心里的什么位置？他输掉了积蓄，卖掉店面，还是输。十月，输掉了全家分得的全部征地款，又一口气借走了自己所能借到的所有人的钱，包括他瞎眼十余年的哥哥和年近九秩的父母的征地款。朋友的钱就更不胜数了，包括同村七八个伙计数万元的工程款，让他们一整个夏天的汗水变成了一张白纸。

我不知道他被一种什么样的速度感所迷倒，赌了借，借了赌的高速频率让他失去理智，通红的双眼充斥了迷乱的血丝。速度将他的所有耗尽，包括下半生的生活完全变成赌注下在赌桌上了。

十二月底，人们都忙着准备过春节了，街市上搭起的临时水果摊上，堆满了一箱箱的水果，空气中散发着只有这个时节才有的墨鱼和香菇的味道。这时，他才两眼浑浊摇晃着回来，除了一屁股债，已是两手空空。他提前消耗尽了自己的金钱、亲情和友情。

追债的人络绎不绝。春节，他没有回来。不是林溪不要自己的村民，而是他抛弃了自己的村庄。一个人一旦背离了自己的村庄，再回来就十分困难。这和一年前，村里另一个赌掉自己的出租车不敢回家过年的后生如出一辙。

可林溪并不知道自己的沉沦。每天晚上，村里仍有几间屋子灯火通宵不熄，一群青壮年男子围着一桌桌麻将扑克，闪着兴奋的目光，不时传来一阵阵激动的喝彩。那些蜷伏在门槛边的狗，打着瞌睡，已懒得再吠了。

疾 病

疾病是徘徊在村庄里的一个幽灵，整天逛荡在村子里，谁也不知道它什么时候会突然看中哪户人家。但不会改变的是，这个几十户人家的村庄，总会有人家被它看中，被它纠缠，被它折磨。

C是我的一个本家堂弟，比我小两岁，十五岁初中未毕业就随着浩浩荡荡南下打工的队伍离开了村庄。他父亲H原本是市里某个皮革厂的工人，在我记忆中的某个时期，他和他的皮革厂同时有过一阵短暂的风光，甚至在八十年代盛行离婚的那阵，还闹过一次离婚风波。H用一辆三轮摩托车带回一个年轻漂亮的城里姑娘，但他童养媳老婆死活不让窝，最后才不了了之。当他最小的儿子C长大到可以“接班”时，盛极一时的皮革厂却像年后的冬瓜一样开始溃烂，最后苟延残喘了几年，垮了。H回到村里，除了每月三四百元下岗生活补贴，现在和村里任何一个农民都没什么两样。C就是在父亲H回到村里生活的那一年离开村庄南下的，而且一去就是多年，据说是辗转在珠三角的几个城市。偶尔一两年春节回家，住几天就走，说是在村里已经不习惯了。两年前，C突然回家，以惊人的速度相亲、结婚、生子。妻子是本乡的一位平常女孩子。第一胎生的是女孩。两年后，也就是二零零六年，C几乎端出了所有积蓄向镇政府交纳了一笔不菲的计划生育社会抚养金后，生下了第二胎，果然是个男孩。C家是村里唯一至今保留四世同堂的家庭。曾祖父已九十高龄，驼着虾一样的背，见人时眼睛笑成一条细缝。

男婴出生三天后，母子平安出院。一周后，还沉浸在喜悦中的一家人，就被突然抛入了冰窖：孩子得了黄疸病，没有救了。

市人民医院的儿科专家翻翻婴儿的眼睑，又剥开小嘴巴，最后摇摇头说，来晚了，语气是异样的平静，尽管H再三央求开点药，医生还是拒绝了，叫他不要浪费钱。

全家人在一片号啕悲恸中守着孩子。喜极而悲的人是格外痛苦的，上帝给了他多少喜悦，也常会要求他用加倍的悲痛去偿还。

襁褓中的孩子是无知的，他怎么听得懂哭声呢？这个小生命依然吃了睡，睡了吃，蹬着一双肉乎乎的小脚，攥着一双小拳头，并不知道自己正被病魔所挟持。

当奶奶的去了一趟峡江县。清晨出发，坐三个小时班车，然后排了两个小时队，终于找到了“仙姑”。据说，这位远近闻名的仙姑能知神知鬼，祛祸避害。仙姑画了一道符，口中念念有词，然后将符付之一炬，说，孩子灾祸已消，今后必有大福。奶奶将信将疑回到家，孩子还是老样，浑身一层病态的焦黄。

当爷爷的抱孩子去了一趟南昌。可省里的医生还是拒绝接纳住院。回家的火车上，爷爷奶奶一再商量扔掉手中的小孩，可谁也横不下这条心。看着一个会哭会闹会吃会睡的生命，他们简直不敢相信医生的话。

全家人终日守候在孩子的竹摇篮旁，他们不知道这个摇大过许多孩子的旧摇篮，能否将眼前这个小生命摇大，静静地等候上帝对孩子的最后判决。可孩子却报以匀称平和的呼吸，照例吃奶、睡觉、号哭、尿湿……

三天后，孩子依然如故。

市妇幼保健院的医生弹弹孩子的脚掌，拍拍他小巧的手心，孩子哇哇大哭起来。医生说，一切正常啊！？

H的家里挤满了邻人，兴奋地反复说着这个奇迹。有人说，现在的医生都扯淡，差点害了人命。有人说，仙姑就是灵，菩萨保佑。有老人说，黄疸本来不要紧，是现在的医生吓唬人。村里几个信基督教的老太太说，她们每天都在为孩子祈祷，是上帝保佑了孩子。他自己的家人却坚持说，孩子以后必大福大贵。

我则以为，孩子起死回生，一定是病魔动了恻隐之心。

可是，病魔不忍夺走襁褓中的生命，又会不会看中别的人呢？

不久，病魔果然相中村里的另一人，并一举得逞，将他带到另一个世界去了。

那个炎热的下午没有任何死亡的征兆。浓密的梧桐树间，知了像往日一样聒噪，发白的正午阳光毫无遮拦地烤着村庄，地上的草皮软塌塌的。相比之下，屋里显得十分阴凉。S，四五十岁，稍胖，个子矮小，皮肤黝黑，留一头短而直的粗发，因力气大，人称“壮牯”。趁中午炎热，他推了一平板车西瓜去镇上卖。西瓜是昨天傍晚摘的，上午卖西瓜的人太多，价钱太低，中午才能卖个好些的价钱。一切都很顺利，一车西瓜换成了薄薄的纸钞，他感到轻松而满足。三四点钟，他回到家里，回到了他以为阴凉的地方。妻子儿子下地干活去了，儿媳抱着不到一岁的孙子在邻居家串门。S一个人在家里。村里有人四点钟前后从他家旁边经过时，看见有刚吃剩的西瓜皮从门洞里扔出来。S在吃西瓜。他渴极了。由此我们可知，在镇上他舍不得吃好不容易拖来的西瓜。现在他大口大口地享受，西瓜的清凉让他无比舒畅。

死亡的幽灵就在这时候盯上了他。后来有人认为，S走的时候一定很舒服。下午六点，妻子从田岗劳作回来，发现他时，他正躺在一张单人竹床上，没有任何痛苦的表情。突然爆发的女人凄怆尖锐的嚎叫震惊了整个村庄。在田岗中劳作的人们被这突如其来的哭声打断，早早收了工，聚拢在死者屋前的院子里。他们劝慰着S的妻儿，谈论着迷茫的死因，讲述着死者的一生，用手机大声地打电话告诉死者的亲戚，久久不肯散去。

在城里当医生的侄子匆匆赶到。他说，叔叔一直患有严重的高血压、心脏病。这个在城里治好过无数因营养过剩而犯“三高”富贵病的医生，一直想治好叔叔的病，每次都劝他多注意休息，不能过度劳累。可他还是失败了。

黄昏，炎热的空气渐渐冷却下来。嚎叫的哭声也松弛下来，变成了断断续续的抽泣。一头走散的牛犊在屋前屋后唤着寻找母亲，几只黄狗在村口不知所指地狂吠。人们急匆匆地赶回家，步履有些零乱。不久，随着夕阳的最后一抹余晖消逝，村庄沉入了飘摇、恍惚的梦境之中。

土地，土地

从城里回到老家，看到了令人感慨万端的一幕：在进入村庄的路上，一道正在砌的围墙将村子前面的一大片水田围起来了。应该种水稻的田地里蒿草萋萋，与另一边碧绿的水稻形成了鲜明的对比。围墙只留下一道口子就要合拢了，很快，这条村民们世代进出、走过千万遍的路也就要废弃了。

六月，水稻的收获季节还没到来，是相对农闲的季节。砌围墙的青砖堆放在松软的田里，五六个男子是泥工，八九个妇女是帮工，都是我家族的堂哥堂弟、七姑八嫂。他们将砖块一口一口地码起来，越砌越高。三米高的围墙挡住人们的视线，站在墙根下，湛蓝的天空被工业园硬生生地切去了一大块。

烈日下，村民以惯有的快乐掩盖了他们此刻的心事。我无法知道他们此刻的心里想的是什么。或许，他们已不太想自己与这土地的关系，或许正在为得到不菲的征用土地补偿费而窃喜。可我没有。当我从他们中间穿过，那些关于土地的汗水与泪水、企望与失望又都浮上心头。

我曾经是一个在这里生活了十几年的地地道道的农民，可我却曾经非常强烈地憎恨过这土地。那时我背着书包在夕阳的余晖里回到家，父母亲早已安排好了我要做的农活。给棉花地除草、给水稻田灌水、翻红薯藤或者和父母一起去种豆子——都在我的农活范围内。我一边催着自己早点把活干完，一边盘算着要去掏鸟窝，要去采摘熟透的野山楂。可太阳一点点西沉，终于掉到草垛山的那一头去了。棉花地没锄完——父母亲还没有一点收工的意思。失望渐渐揪住了我的心。再过两天，鸟窝里的小鸟就羽翼丰满出巢了。为什么总有干不完的农活呢？为什么有这么多地要耕种呢？要是少一点土地该有多好啊！

一个夏日的午后，我们全家大小在旱地里种黄豆。烈日下的午后，天气变幻莫测，天边堆积的一团乌云压过来，空中弥漫雨腥味，我甚至听到远处雨点叩打大地的响声。我们劝父亲快回家避雨。可父亲没走，我们也没走。豆子只差最后一垄没种下了，父亲没有放下手中的工具。一阵劲风过来，吹翻了立着的木桶，不儿分钟，蚕豆大的冰雹扎下来——我平生第一次和父母亲一起经受如此刻骨铭心的洗礼。

就这样，我在年少不谙世事的时候，就常常因为做不完的农活而把愤怒倾向土地，常以为这些无声的土地束缚了自己，却不知道土地以其丰饶养活了我的肉体，培育了我的精神。至少，我有自己的土地，有自己的家，有一个不管走到哪里都会魂牵梦萦的地方。正是这一片可以“回去”的土地，使自己在城市生活中少了些无所依托的漂泊之苦。

世上很多事往往就是这样，当我们弄明白了的时候，又已经为时太晚。等我渐渐明白了土地无私地养活着自己，对土地日益充满敬意与感激时，我又成了少数得以离开土地进城的农民中的一个。

父母还在村里，依然守着土地养活自己。多年过去了，劳作让他们的身躯更加佝偻，土地让他们的白发一天天增加。看着岁月在他们脸上刻下深深的沟壑，我忍不住劝父亲：“把田送人吧，你们年纪大了。”

“送人？这年头，谁会要田？”父亲扳着手指头，一笔一笔地跟我算了算种田的收入与开支。那些年，种田的收益已低到了不可思议的程度。就算风调雨顺，除去成本和村提留、乡统筹、教育附加费之类，收入竟所剩无几。

“那就不种了，抛荒算了。”

“抛荒？”父亲一脸愕然。他种了一辈子地，对土地有着深厚的感情。是否抛荒，对他来说其实不仅仅是成本核算这么简单。放着肥沃的土地不种，对他来说简直是一桩罪过。

第二年，还是抛荒了。我不知道父亲内心经历过怎样的矛盾。村里抛荒的还有不少，在大片绿油油的庄稼中间，常常东一块西一块空着，长满杂草，嵌在大片青翠的稻田之间，就像一头秀发上长了许多癞痢。很多人都南下广东东出江浙打工去了，留在村里的大多是老人和小孩。

父亲常常独自一人闷闷地走在田埂上，看着这些田野中的癞痢良久无语。

几年后，这种情况才有所好转。政府发放了种粮补贴，田地里再也看不到抛荒的“癞痢田”了。一些外出打工的村民陆续回到村里，回到了土地中间。田野又恢复了它盎然的生机。

可最近，开发区在村里征去了土地数百亩。眼下，一个新的工业园即将在稻田中间破土而出。围墙是工业社会的象征，农业社会只有篱笆。一道围墙切开了这田野上的天空，割断了那些原本连成一片的土地。那些喜欢在庄稼地里窜来窜去的风，那些爱在沟渠里游来游去的鱼，和在空中飞来飞去的虫鸟们，认识这围墙吗？而脚下这些肥沃松软的泥土，当有一天它不再生长着庄稼，却生长草坪或者钢筋水泥丛林时，会作何感慨呢？他们会为走出农业时代而兴奋，还是会为失去乐园而痛苦呢？

那些外出打工回来的村民，都是我的兄弟姐妹，他们正用自己的双手将围墙砌起来，将自己围在土地之外。

最后一个清明

1

匆匆下了公交车，趔趄着走过三四百米泥泞的机耕道，我回到了老家林溪。一推屋门，紧闭着。偌大的村庄，屋前屋后竟空空荡荡，看不到几个人影。院门外，几头发情的狗正在追逐、交欢。不远处的开发区工地上，机器轰鸣，一片繁忙景象。

我立刻拨通了父亲的手机。在电话那头，父亲像往常一样放开嗓门与我喊话，生怕我听不见似的。他和同族的叔伯兄弟们已经上山挂清明了，母亲在炳中家弄饭。清明祭扫在我们村叫做挂清明，按风俗，时间往往在清明节前几天，每年都由祖父选一个黄道吉日，然后全族的男丁一起上山祭扫。上午接到父亲的电话时，我正在办公室，就着电脑无所事事地在网上东游西逛。当时，我心里咯噔一下，清明到了，差点将列祖列宗给忘了，不禁脸上一阵火辣。

这些年，说不上什么缘故，对于生我养我的林溪村，越来越滋长起一种难舍的依恋。从严格意义上讲，自一九八九年考入新余师范学校的那天起，我就离开了这个村庄，离开这个村集体成了城里人，我的户籍、粮油关系、工作关系从此就没有回来过。可事实上，我却觉得自己从来没有真正离开过林溪。祖父母、父母、兄弟他们都还在村里，我自己也隔三差五地回老家，亲眼目睹着村庄一日日的变迁。尤其是这两年，眼看着土地一桩桩被开发区征用，村庄正慢慢变得名不符实，我常常产生一种难以名状的焦灼。我是个半条腿迈进城里、另半条腿还在泥巴里的人，因为我从来没有割舍过村庄。林溪离城里并不远，每年清明、冬至回老家祭扫，便成为我亲近老家必不可少的课程。

挂断父亲的电话，我顺手在老屋屋檐下摸了一把锄头，扛上肩头，循着响彻在远处田岗上空清脆的鞭炮声走去。

2

也许是在刚刚过去的冬天经历了一次罕见的冰冻，今年的季候似乎来得晚些。往年早已过花期的油菜花，在一片葱郁的田野间，热热闹闹地开得正旺，在欲雨未雨的灰暗天空下，显得分外耀眼。不远处，绿色停止铺展的地方，是去年刚被开发区征去的土地，一个满山油茶的小山坡，已让轰鸣的推土机切去了一大半，铺成了一块平整的地，数幢厂房整饬地排列着，结实、干净，傲视着这片尚未开垦的土地。

我赶到虎上挂角墓地时，同族的叔伯兄弟十几人正在打草蒲，忙着给坟培土。在累累的坟头之间，戴着一幅假牙的国生伯伯和父亲正指挥着大家。不善言语的炳中堂叔不声不响，耐心地在每座坟头上叠放纸钱，给每一个坟头插上三支香，然后提起一把铝壶，在坟前筛上三杯水酒。开挖土机的兵牯、在城里开车行的哥哥孟牯、结束九年刑期返乡已两年的明牯、在家种田的发根、当了村长的正根、包工头二根，以及当兵后参加工作现在又快下岗的六根，从小在城里长大的子君……今天都到了。他们给坟培土，同时剔除坟茔上的灌木与杂草。没回来的，有在东莞开的士的云得，有在温州制鞋厂打工的黑块，还有已不知去向的小叔……

正根村长说，镇政府已下了征地通知，林溪今年就要拆迁。可以想见，眼下这些田岗、坟地，还有那些村庄，不久就要永远消失了。政府在安置村民异地重建住房的时候，虽已在别处安排了一块坟地，但我不知道长眠地下的神灵是否听到了越来越近的机器轰鸣，是否也和在世的村民们一样对搬迁村庄忧心忡忡。

祭扫场面很热闹，在一种轻松自在的氛围中进行，没有想象的那种庄严肃穆，但也没有因为这是最后一次祭扫而有丝毫的马虎。甚至还有人提议，给那些早已被时光磨平了的无名坟头堆上新土，这样，在即将到来的征地中可以多要到每个坟头几百元的补偿费。

3

在家的男丁都上山了，只有祖父行动不便留在家里。我进屋时，祖父戴着眼镜，正伏在他那张昏暗的书桌前写字。这些年，他一直在写，桌子上已有好几本写满了密密麻麻小楷的本子。祖父是想在他的有生之年，将自己的精神遗产保留下来。面对无人能继承他那身道艺的现实，他用这种书写的方式，将自己的所学所知全写下来，以便留给后人。每次回来，看到祖父伏案写字，唏嘘孤独，我常常生出深深的自责。

祖父虽没读过什么书，却也算是一个旧文人。他早年拜师习武，学得一身好武艺，为中华武术洪拳和法门功夫的传人，曾经独身一人闯荡江湖多年，养活一家十一口人。他博闻强识，熟读易经，会占卜，尤善金钱卦。他熟习堪舆术，曾在赣中一带颇负盛名。他懂医理，跌打损伤之类是其强项。他也通戏剧，早年在戏班演过武旦，能背诵上百部戏曲。可是，身怀再多绝技，年龄也是不饶人的，人总会有老的一天。令祖父不安的是，全身道艺全家人竟无一人能够继承。祖父九个儿女，其中儿子四个，大儿子（我父亲）十九岁加入共产党，正赶上解放之初，热衷于“破四旧”“大跃进”之类政治运动，对新社会的政治热情，让他根本看不上旧文人祖父的那身本事。二叔在解放后不久就入伍，一直在外从政，后虽官场失意，却已年事渐高，想学都来不及了。三叔正逢壮年，却突然双目失明。最小的四叔，学得一身好武艺，办过一所武校，算是了了祖父的部分心愿，可两年前的赌博，使他倾家荡产后，丢下妻儿，浪迹天涯去了。至于孙辈，要么像我在外工作，为混口饭吃终年忙忙碌碌，淹没在城市茫茫的人海之中；要么在家务农或打点生意，生计都忙不过来，哪还会有心思学这些呢？祖父曾相中我的一个堂弟作为传人，决意将全部道艺授予他。初中毕业后不到三个月，堂弟终于忍受不了枯燥寂寞，在几个同学的怂恿下南下广州学理发去了，现在和妻子打点着一个小发廊，偶尔回家，常常是一头夸张的黄色长发。

祖父点起一支烟，和我谈起征地拆迁的事，满脸岁月的沟壑之间，有一种深深的无奈与茫然。他再一次讲起少年丧母、青年闯荡江湖、花甲之年入狱的往事，讲起二叔腾达的仕途突然中断、讲起三叔的双目失明、讲起四叔赌博之害、讲起他三年前摔的一跤让英武一生的他从此拄上了拐杖……灰白的烟雾缓缓舒散开来，遮住了祖父的双眼。我第一次看见祖父苍老的脸上如此冷峻。他老了，不想再折腾了。

和全族老少在炳中叔叔家集体吃完午餐，父亲和我谈了谈自己房子的事。父亲现有瓦房四间，楼房三间。按拆迁标准，大约能得到补偿费八九万元。再按照政府建设新农村的要求，每户建一幢三层的楼房，统一规划在一个小区，每幢大约需十五万元。留下的资金缺口，只好用征地补偿费。这样一来，就算所有的土地被征去，旧房子拆除，补偿费大约可以建设一幢新洋楼。可是，当新的楼房起来时，没有了土地的乡亲又两手空空，他们拿什么去面对今后漫长的生活呢？父亲执意要我也做一幢。我虽然在城里上班，却混得并不好，养家糊口尚且勉强，哪会有多少钱来做房子呢？父亲说，不做房子，你以后怎么回来，新的村庄建起来，你就没有老家了。

想起祖父刚才颓唐的神情，我似乎体会到了一个老人晚年再次面对巨大变故的无奈心境。这几年，他先是治跌断的股骨，后是为四叔偿还赌债，本来殷实的家境几乎在一夜之间掏空了。倘要再建新房，他用什么建呢？仅仅一点拆迁征地补偿费够吗？虽然祖父尚能凭着往昔的名气偶尔给人择个吉日、取个名字、看个风水、抓个中药赚点口粮，可无论如何，对一个九十岁的老人来说，重建新房已经显得力不从心了。

4

几天之后，才是真正的清明节。我本想放假待在家里，理一理几天来纷乱的思绪。下午，接到堂兄二根的电话，说晚上在秦皇食府请本家堂兄弟吃饭。二根这几年在开发区承包了一些土方工程，因为是征用自己村庄的土地，这些工程多少有些强揽的意思。前段时间，他还与人合伙买了一辆近百万元的日本小松挖土机，每月按揭三万元。他是村里少数伴随着开发区建设富起来的人。不久前，他找到我当老师的妻子，送儿子到城里一所最好的小学读书，托管在一个老师家里，每月一千多元，这在以前是想都不敢想的。

秦皇食府是本市最高档的美食店。说实话，自己在城里工作多年，到这样高档的场合吃饭的次数也是有限的。二根请吃饭，有必要到这么高档的地方吗？

十余位堂兄弟一入席，我才知道自己错了。从他们与服务员熟练的周旋中可以看出，他们对这种地方早已并不陌生了，一些最时尚的菜肴，他们竟对答如流。

推杯把盏之间，兄弟们谈得最多的是兄弟情感，今后不管在哪，咱们都是亲兄弟。哥哥说，村庄拆了，没有土地，我们就成为社会人了。话语之间既有一种留恋往昔，又有一种向过去的生活决绝的意味。是的，眼前这十几个三十出头的年轻人，在没有了土地、没有了共同生活的村庄之后，还会有什么在维系他们的族群意识？无田可种的农民还是农民吗？如果不再是农民，他们又凭什么认为自己是一个市民呢？如果在祖坟迁走后，他们还会继续一年一次的清明祭扫吗？不知是喝多了还是感于兄弟们的话语，席间，一滴泪水一直在我的眼眶里打着旋，几次下去，又几次涌上。

餐后，有人要去喝咖啡，有人要去打麻将。一阵商议之后，终于在一宾馆开了房间打麻将了。看来，我原来对他们失去土地后生活的担忧是多余的，或许他们早已熟谙城里人的生活方式，至少他们已经在为成为市民做预习了。不知这样的预习，最终是否能让他们成为真正的市民。我这些包工程、开车行、种田、当村长的兄弟们，他们正见证着、参与着甚至助推着农业社会向工业社会的转变，在这个巨变的时刻，我越来越感受到他们正承受着巨大的生活压力。他们努力赚钱，为的是有朝一日能体面地生活在城里。

祖父的文字越写越多，他当年赖以谋生的知识，今天，不说有人喝彩，就是对此感兴趣的人也越来越少了。政府已规划好了新的村庄，看上去确实漂亮，祖父纵有再大的名气，他的堪舆术也无人问及。堂兄的儿子在城里最好的小学，顽劣的性格全变了，一回到家，张嘴就是标准的普通话。哥哥的车行已经起步，他把生意的所有机遇，都押在小排量汽车市场必有一天喷发的行情上……

我知道，没有土地，他们终有一天都会成为市民，像我一样在城市里淹没。那时，我们是否还会这样回到某个地方共同祭奠祖宗呢？

清明节已首次实行放假，我的村庄却送走了她的最后一个清明。

从篱笆到围墙

故园飘摇

一个人在城市里漂泊，但却拥有一个远在农村的老家，这应是沧海浮生中再幸福不过的美事了。

可这些年，老家林溪却一直在拆迁的阴影中风雨飘摇、惴惴不安。母亲坐新开通的公交车从老家到城里来看望她的儿子和孙子，每次带来最多的消息就是征地、拆迁。环绕村子四周的山地和稻田像切西瓜一样被开发区划去，村庄苍翠的树林和碧绿的庄稼地逐渐缩小，推土机喘着粗气，将青碧的田野变成了裸裎的红土地，整个村庄就剩一些孤零零的村舍暴露着，像一个有待攻克的孤零零的碉堡。村庄陡然失去了生机。院前屋后荒草四起，日见败落，恰似马路边一辆报废的汽车，似乎在锈迹斑驳中等待着最后的烈焰——切割、焚烧、肢解、散落一地，直至最后完全消失。

趁着村庄还在，我总是抓住机会携妻将子回去。回到老家，回到小时住过的老房子里，回到年迈的父母和苍老的祖父母身边。围着一桌热气腾腾的饭菜，看着兄弟姐妹们的孩子在院子前的空地上蹿来蹿去，嬉戏打闹，看着老人们沧桑的脸上绽放着慈祥的笑容，我就不由得被一种短暂而强烈的幸福感所包围、所感染。我会忘记村庄就要拆迁，忘记眼前这场景不久即将消逝，忘记时间的存在。

屋里待得太久了，我带孩子们出去，在村庄里转悠，看看那些我年轻时栽下的、已经高过老屋的梧桐与樟树，呼吸着那熟悉而又陌生的、混着泥土和畜粪气息的空气，走一走那条从门前经过、通往大片田岗的土路。我的视线越过一簇簇绿竹的枝叶，越过仅剩不多的稻田，越过开发区高大坚实的围墙，最终落定在紧挨村庄而建的形体庞大的厂房与高楼上。这时，我无法遏制的感伤就上来了，心底翻腾起些微的苦楚，鼻子里也泛起了一点酸痛。我难以把握，这到底是一个旧时文人感怀草木式的矫情，还是在今天越来越麻木的世界仅存不多的怜悯情怀。

和母亲一样，我并不太愿意看着这些突然闯来的庞然大物出现在稻田之外，它们突然出现，宛若天外飞来之物，与庄稼的宁静安详太不相称。它离我们太近，离村庄太近，近得都快抵着我家老屋的瓦檐了，使我们不得不直视它的存在。这些新建的高楼与各式厂房，刷了崭新的墙漆，嵌了明亮的玻璃，盖了蓝色的瓦顶，线条简洁而有力，是那么新鲜、明快、时尚、现代，它们光鲜迷人，迸发着这个时代无可阻挡的蓬勃生机和似乎万物都得让路的活力。但它与我们无关，与村庄里的邻居们无关。它来自遥远的城市，以一种非常强大的优越感站在大片的稻田中央，它是否觉得自己霸占土地而让庄稼让路是天经地义而无可置疑？我不太喜欢这种过于亢奋的东西，与庄稼的谦逊大相径庭。但它又是那么强大，直逼你的视野，使你不得不面对。

相形之下，林溪村却早已显得支离破碎、疲惫不堪了。它的房屋还是青瓦搭顶的，它的路还是在泥巴上踩出来的，它一幢幢房屋的排列还是随意而缺少规划的，人们喝的水也还是从地底下用压水井抽取的，它的鸡鸭猪狗还是散养在屋前屋后的，人们的劳作也还是用牛耕、用肩挑的……它确实太陈旧、太落后、不合时宜而似乎腐朽了。它因此而令人不由得心生怜悯。但我疑惑的是，为什么开发区的时尚光鲜却与村庄的败落萧瑟相随相伴？

切割

老家林溪村并不大，三百人口上下，世代居住着胡姓、何姓两个族系。少数几户廖姓的人家则是上世纪“文化大革命”时期才从本镇另一个村庄迁过来的，生活在这儿刚刚不过三代。

若是站在稻田对岸的桐林山上远眺，林溪并不是个十分醒目的村庄。三三两两盒子式的楼房和有着青黛瓦楞的老屋，自然而又错落有致地散落在一个长满苍翠树木的红土山丘上。赣西一带，这样有着胴体一般微微隆起的红土丘和土丘下的小村庄到处都是：没有树木的，裸露着她红色的皮肤，曲线优美柔软，宛若江南女子的腰身；长满树木的，则一片蓊郁，杂树生花，又若江南女子披了碎花的妖艳衣裳。林溪的房屋在蓊郁苍翠的林木中，半遮半掩，间或从枝叶间伸出一角青瓦屋檐，露出一扇红砖山墙，透出半个门面。而最易忽略的是，房屋之间，蜿蜒在草丛下相连的土路曲径，就像那支深藏在家谱中看不见的血脉，隐隐约约却紧紧地将林溪村的人们连在了一起。

村庄的北面与东面，先前是连绵的红壤土丘。土丘上踞着另一个名叫何当的村庄，与林溪相去不过五六百米，真正的鸡犬之声相闻。大伯大婶们站在村口的老荷树下，抬头就可以望见何当村的屋檐、来来去去的水牛、弯着腰身拉板车的人、在空地上踢毽子的儿童，更不用说何当村口那棵参天如盖的古樟了。两村之间，原来是一片低矮的灌木丛，多是油油的茶树和深绿的楮树，我们管它叫塬里山。其实就巴掌大的地方，根本算不得山。但依照村人的习惯，有水的地都称“田”，没水的地都称“土”，有树的土地就统统称作“山”。八十年代初期，分田刚一到户，村里忽然刮起了一股“砍伐风”，满丘的树木全砍了当柴火，光秃秃的山地不久就开荒成了土，种了花生、番薯与黄豆。春夏之间，满坡上绿油油的庄稼连接着两个村庄，上面的天空就显得格外空旷，对面的村庄也似乎更近了，仿佛只要谁甩开膀子一迈腿，就能踏到何当哪户人家的麻条石门坎上。

这只是过去的光景。如今，开发区规划过来，已经将整个林溪村和何当村都包括进去了。不知什么时候，塬里山拦腰横过来一条百米宽的开发区大道。这似乎是开发区的一条主要干道，从城区延伸出来，像一条永不饥饿的贪食蛇，张开大口，向东一路吞食下去。随后，马路两旁的土地征给了镇政府，镇政府又推平了土丘，转手给了纺织公司、风电设备公司和几家不知做什么的外资集团公司。公司筑起了围墙，门口岗哨还养了一条大狼狗，对过往的村民嗷嗷狂吠。每每听到这陌生的狼狗叫声，当惯了土地主人的村民才恍然感觉土地已经真正不再属于自己了。要是炳中叔听了，就会操起他结巴的语调大骂起来："他他他娘的，叫叫叫去死，这这这是我围（村）里还还还还是他他他围里？"

因为要服从开发区的规划，给纺织厂一块四方完整的厂区，何当村的房屋已经拆除了大半。村口那棵数百年的参天古樟，纺织厂老板没舍得砍掉，现在成了何当村面目全非后留在厂区的唯一风物，也是村民借以回忆过去的唯一依托。每次从开发区大道路过，哥总是摇下车窗指着那棵大樟树说，看，这就是何当大樟树！这时，我脑子里浮现的便是当年伫立在四周翠绿的田野中的大樟树的样子：平坦的稻田中间，一棵大树冠大如盖，郁郁葱葱，树顶上是热闹的鸟的天堂，树底下是堆积满地的鸟粪……

林溪以东，紧邻的一个土丘上是宠江村。房屋散落的格局与林溪相当，随意中别有一种散漫的意趣。两个土丘之间的低洼处是一条狭长的田地，林溪人称之为“屋背”。林溪村的老房子大多坐东朝西，这称谓或与林溪村房子这一坐向有关吧！土丘上茂密苍翠的油茶林，曾经是我去宠江村上小学的必经之途。这里自然成了我童年的乐园。采野果、捉迷藏、打游击、喂蚂蚁、采标本……满山都留下过我稚嫩的小脚印。宠江山给了我对大自然最初的认识。我除了庄稼之外关于植物的知识和对大自然仅有的观察，大多来自于这座小土丘。十二岁后，我离开宠江小学去了位于另一个红土丘上的太和圩中学读书，路上再也不需要穿越这样的树林了，而我关于大自然的知识也就从此几乎停滞了。

宠江山上喜欢长蘑菇。红色的、白色的，粉色的，有的喜欢一丛丛的生长，有的则一个个地生长，在雨后的阳光下童话般地冒出来。但面对满山的蘑菇，我们也只能看、只能玩，决不会采回家的——林溪村所有的母亲对孩子们都早有告诫：宠江山上的蘑菇不能吃，有毒。父亲说，六十年代，宠江山上满是松树，一年，突然爆发松毛虫病害，村里大量喷洒DDT才挽救了这片山林。到了八十年代，当年保存下来的松树已几乎砍光了，但DDT却永久地留在了满山油茶林下的红色土壤中。三十年后，当我阅读到美国生态文学名作蕾切尔·卡逊的《寂静的春天》时，才知道DDT早已在美国成为一大环境公害而被普遍禁用了，而当年在宠江山上竟然也同样上演了一出如当年美国一样的破坏自然环境的恶劣戏剧。

对于一个少年而言，我并不需要知道到这满山暗藏的危险与毒害。相反，在宠江山上，我看到的是花朵的纯洁与岁月的芬芳。十一月，这里成了茶花的天下。汪洋一片的白茶花，宛若给宠江山覆盖上了一层薄薄的白雪。油茶林里，一个瘦削的小孩被满山弥漫的浓烈蜜香所诱惑。我废寝忘食地穿梭在迷宫一样的林间，用一根空心的草杆吸吮着花朵间黄色的蜜汁，像一只蜜蜂，从这一棵树，到那一棵树，追逐着每一朵最灿烂的花朵。我的头完全埋进了花丛之中，脸上沾满了黄色的花粉。我完全陶醉其中，茶蜜的甘甜让我忘记了时间。直到母亲在村口扯起嗓子，长长地呼我的小名回家吃饭，我才抬起头，擦去额头上金黄的油茶花粉，追着最后一抹夕阳回家。

我说不清楚这些洁白的茶花到底给了我多少营养，包括物质的和精神的，在那样一个情况下给了我多少的乐趣与牵挂。但我知道，直到今天，十一月份，茶花开的时候，无论我在哪里，哪怕是深居在这根本无法看到花朵绽放的城市，我也会冥冥之中心灵感应，忽然获得一种超强的气场，令我进入通体明朗的状态，使平常难以完成的事情一下子变得容易许多，写作也忽然有了灵感。一种勉强可通的解释是，我是十一月份出生的，据说十一月份是茶花月，或许我与茶花先天就有某种内在的感应？

我们谁也无法完全知晓，童年到底能给我们漫长的人生提供怎样长久的精神养分。一九八九年，我考入新余师范学校，只身一人来到城里。初入陌生之境，加之贫困农村出身，我倍加感到孤独与恐惧。但学校旁边竟然有一片茶树林！我好像找到了家的亲切与温暖，仿佛有了熟悉的朋友在场，陡然增加了我的自信。三年的师范生活，真不知道那一片茶树林帮我驱除了心里多少的孤寂！可眼下，不管是师范学校还是老家宠江山上的油茶林，都已经荡然无存。前年夏天我回到林溪村，没有赶上那次平整土地的壮举，没有看到油茶林在推土机下呻吟的壮烈场面。但我可以想象，轰鸣的推土机是如何一点点地向那片油茶林掘进，一点点地摧毁自己精神大厦的根基。如今，呈现在眼前的是一个规模不小的拆迁安置小区，一幢幢七层的农民安置房矗立在原来的油茶林地上。小区内，水泥路面四通八达，虽然过高的容积率使安置小区拥挤不堪，但看上去也还算规整、现代，像城区一样。小区为林溪村也预留了安置的空地，但我每次经过，都感觉这不是安置，而是驱赶，是无所不在的金钱资本，把这些农民从宽敞疏朗的村庄赶进了这片高楼，而广阔的土地却阔绰地给了那些腰缠万贯的商人。你只要去看看那些拥挤的拆迁安置房，再去看看那些宽敞得足以跑马的厂房，你就不会不明白这一点。

还在切割

如果说，林溪村东面与西面的土地征去了，只是抽去了她的靠山，让林溪孤立无援、腹背受敌，使她从此没有了后方；那么，真正的、致命的威胁则来自林溪村西面与南面那大片的水田被征去。这无异于一下子要去了林溪的生命，斩断了林溪源源的血脉。

水田是林溪的衣食父母，是林溪的守护神。

林溪西面与南面都是水田，这是村庄所有粮食的产地，一年两季，源源不断地为林溪的村民提供口粮，也提供不多的经济收入。我八岁那年，父亲指着屋子里一堆比我个头还高的金黄谷子对我说：卖掉这些谷子，就可以给你们几兄妹交学费了。这一年我开始上学，识字、明礼、释惑，从此改变命运，我从一个村娃跌跌撞撞走到了今天。我常常感谢父母亲给了我改变人生轨迹的铺垫，对他们怀着没有任何条件的、无法终结的敬意与感恩。而其实，我还得感谢那些谷子，是它们与我的父母共同铺就了我的人生道路。我读书十四年，花费了父母多少谷子！如果堆起来，它一定是一座山！而这些谷子，都从这些水田里来，它们是水田的果实，是水田的奉献。每年两季对汗水的回报，不仅让我们殷实而免于饥馑，还给了我超越的最初动力。要不是它们，我又如何能摆脱强大的社会惯性走出乡村，又如何能从遮蔽之中走向敞开的世界？

现代化无一例外地从城市的方向往农村蔓延。繁华的城市在林溪村的西面，与林溪村遥相呼应。几年前，它还远远地、隐隐约约地在天际线上；但现在，“现代化”已经到了林溪村的家门口了。二零零六年，林溪村南面一百多亩上等的水稻良田随着村长大笔一挥，全部征给了一个工厂。高大的围墙已经筑到了村庄的院门口，似乎紧挨着人们的鼻梁骨。围墙内是宽敞的空地、球场、厂房和宿舍。

种了一辈子土地的村民终于无农活可干了。他们获得了有生以来的第一个假日——长得没有尽头的假日。他们在村口谈笑风生，脸上写着一种如释重负的快感。我知道，这种快感对他们原先无法看到尽头的劳作而言，是多么金贵！他们轻松地谈论今后的生活，谈论工作，谈论城市生活，谈论村干部的腐败，也谈论镇政府干部的骄横跋扈。有的人坐上了麻将桌，墨绿色的自动麻将机曾经是多么的诱人！有的人终于还清了一笔笔大小不一的旧债，这让他们的腰杆挺起了一些。他们开始盘算着去治疗多年的老病了——以前他们觉得治疗这些不会直接丧命的病根本就没有必要。他们学会了与那些外来的人赌博，他们因为有能力支付赌资而感觉拥有了自尊。他们口袋里揣着从未拥有过的如此数量众多的钞票，第一次获得了人生沉甸甸的踏实感。

我从城里回来，带着妻儿去看望父母。在村口路边上迎头遇上表弟零根。这些年他一直做泥工，在我的印象中他几乎一年到头都穿着那身溅满泥痕的灰色泥工装。眼下，他身着光滑面料的西服，双腿架在摩托车上远远地与我搭话。他看上去有些悠闲，我听出了他话底下那种短暂的满足感。他说最近买了一台冰箱，问我是不是名牌。镇里小店的老板告诉他那是世界名牌，可这个我从没听过的“世界名牌”，只是与国内某种名牌的名字有点相似而已。

工厂一直在膨胀。又两年，村庄南面和西面的所有旱地与水田全部征去了。村长签字的第二天，一道三四米高的围墙就开始在村舍与水田之间的水圳边上垒起来。做围墙的泥工是林溪村的村民。他们为自己从工厂老板那里揽到了垒围墙的生意而兴奋——他们常常能从工厂那揽到一些水沟之类的附属建设工程。我路过时，看到他们一边砌墙，一边嘻嘻哈哈地说笑，可我怎么都有把自己卖了还在帮人数钱的感觉，心里不由堵得慌。

散失的篱笆

围墙是工业文明的象征，而农业文明的象征则是篱笆。围墙是冰冷的、坚硬的，而篱笆是柔和的、敦厚的；围墙是一种严格的界限，是一种绝对的禁忌，而篱笆则是松散的边界，透着一种暖意的邀约。围墙内外，一边是村庄，屋舍树木，鸡鸭猫狗；一边是厂区，机器轰鸣，透着钢铁的冰冷无情或工业塑料的刺鼻气息。

村庄所有的水田全部没有了，篱笆全部让位给了围墙。

林溪，这个没有了庄稼、没有了土地的村庄，已经没有了生命力，也不再是真正意义上的村庄了。虽然人们还照样住在村庄里，但白天的村庄异常安静。偶尔几个带孩子晒太阳的老人还在墙角悠闲地消歇着。年轻的男人、女人陆续进了周边的工厂。纺织厂、机械厂、电子厂、太阳能厂，在宽阔的开发区一路排过去。做普工，每月工资八九百，早上八点上班，下午六点下班。生活方式正悄然发生变化，家里的猪、牛、鸡、鸭没有时间看管了，于是不再饲养。菜蔬也种不了，顶多还在村前屋后栽点葱与蒜，但大多是去买，毕竟有了工资。水田征去了，村庄就断了血脉，她无法养活自己了。宠江山上的安置小区兴起了一个简单的市场，有蔬菜、鱼肉出售，慢慢又有了自动麻将桌、小超市、手机话费店。

哥哥原先在镇上开了个小店卖猪饲料，九十年代以来一直生意兴隆，凭的就是乡里乡亲的熟人关系。家家户户养猪，生意自然就好。随着开发区的扩张，村民们都住进了安置小区，养猪不再是每家每户那么普遍了，哥哥的生意也日见冷清，最后终于关门大吉，改行去了城市。

四面楚歌、没有田地、只留下孤零零的房屋的村庄，不再是一个完整意义上的村庄了。她的根基已断，她没有自我再生的能力，无法靠自己的产出养活土地上的人们。我想到了“宰割”这个词。林溪成了一头等待死亡降临的牲畜，随时准备让自己并入开发区无限膨胀的版图，掩埋在推土机翻卷起的新鲜红壤之下。

征地之后是拆迁。村庄拆迁的重重阴影，像一团浓重的浮云，让林溪陷入了等待最后判决的焦躁不安之中。

村口那间破旧的碾米房的矮墙上，张贴了一道告示：拆迁在即，村民不得建房，不得栽树。

这无疑成了村庄自我了断的格杀令。但，它似乎并没有遭遇到村民的多少异议与抵抗。村民从邻近那些已经消失的村庄，学会了接受这样的规则，或者说，他们已经从那些村庄的失败经验中，学会了放弃与妥协。

风，像过往一样又一次掀开了老屋的青瓦屋顶。青瓦掉在地上，老屋房檐留下一个豁口。只是，现在再也没有人爬上去修补，任由风雨在老屋上来去自由。

雨水冲刷的泥土堵塞了老屋房前的排水沟，泥水漫漶到了村道上。过往的人见了，只是绕过去或跨过去，他们才懒得去疏浚，哪怕只是举手之劳。

村里的泥路烂了，坑坑洼洼积满了泥水，除了几只没有池塘可去的鸭子，再也没有任何人去理会了。

几户人家的小洋楼刚刚土建完工，外墙只粉刷一半就停工了，留下半面裸露的砖墙在外头，也无人理会了，就让它一直不好看。

昔日的家园，正在被人们遗弃，被一种衰败之气所笼罩，正在一步步逼近死亡。我仿佛看到高大轰鸣的推土机已经开到了院子门外，要举起它那巨大的铲斗随时敲开我家的房门。而我和我的亲人们，则将成为这千百年居住地的最后一批居住者。

泥水匠阿青的楼房刚做完第一层，平顶现浇屋顶，夏天热得屋里无法睡觉。阿青要加盖早已计划的第二层，将申请书与两包芙蓉王香烟递给了村长，陈述了实情。村长摇摇头，说没办法，开不得口子，一开口子，自己都堵不住，上面怪罪下来，谁都吃不消。再说，每家每户建了多少房子，镇里早已经用录像机录下了，再多建，拆迁时也不会补，还是忍一忍吧。话说得很委婉很动听，态度也好，阿青无可奈何。但不建房怎么住？阿青心一横，不批老子照建。他运来砖、沙、水泥，请来帮工自己做。房子还没做到一半，开发区来人了，城管执法大队的，穿着制服，噼里啪啦掀翻了建房的摊子。“恢复原样！”制服们丢下了一句重话。房子建不成，阿青成了一户重复上访户，作为重点监控对象，每逢重大节假日来临，都有镇干部来陪着在屋子里过。

最后的风景

春节过后，我又一次回老家。原想正一天天衰败的村庄，这次却给了我一个惊喜。我竟然看到了以前从没见过的最美的林溪：房前屋后，圳头塘边，篱笆旁、空地上，密密匝匝地栽上了桃树，千万朵粉红桃花一起绽放，一树树伫立着，空气中浮动着馥郁的芳香，蜂蝶乱舞，整个村庄在桃花的掩映下焕发出勃勃生机。

跨入村庄的第一步，我以为自己恍然入梦。我印象中的林溪，村貌虽然不算糟糕，但却从没有以如此唯美的面目昭示过我，她总是以非常务实的姿态在我的面前，将那些美的事物视为超然之物。在她的眼中，泥土才是最具价值的东西，而鲜花却过于飘浮，不适合在村庄里奉为理想。可眼前这突然多起来的桃花又是事实。是什么让林溪村一下子从实用主义的田地扑到了唯美主义的怀抱？

父亲点亮一支烟，用他那缓慢的语调为我揭开了谜底。父亲说：不是为了果实，不是为了美化环境，不是为了引蜂惹蝶，而是为了补偿费。桃树生长快，挂果早，只要挂了果的树，拆迁时每树赔偿七十元；不只在屋场里，在田岗上，凡是能栽树的地方今年都栽了密密麻麻的桃树，像插禾苗一样，唯恐不能多栽。父亲是多年的村委干部，在村里算是见了些世面的人，即使现在退下来了，也对诸如贪小便宜的事一向嗤之以鼻。但这回，他还是跟随了大流，在后山的荒地里栽了五百多棵桃树，美滋滋地等待拆迁时赔偿一大笔钞票。“不栽白不栽。”父亲像一个终于觉悟了的老人，语言很肯定。但不久，镇里就组织了数十名干部浩浩荡荡来到村里，连夜将山冈上成片的桃树全部拔了。一时，整个林溪村宛如刚刚被龙卷风扫荡过，山冈上，拔下后折断的桃树随处可见，狼藉一片。父亲的几百块钱树苗费打了水漂。林溪在哭泣！

父亲说，镇干部来拔树，还带来了电视台记者，当天晚上，电视新闻中就报道了镇干部维护开发区秩序、集中整治违法栽树活动。父亲笑着说，这是我们村第一次上电视。

留下的只有村前屋后的桃树。是足够的宽容，让他们对栽在村前屋后的树睁一只眼闭一只眼？他们或许觉得犯不着与老百姓拼命？这才有了村庄最美的一刻。我一直想，难道林溪村也如一个行将走到生命终点的人，在上帝收回他的生命契约之前总是让生命作一次最后的回光返照？这美，的确不过是林溪消失前的一次回光返照。拆迁在即，林溪以自己最美的面容迎接那最后的毁灭。

田园将芜

明日漂泊

“土地是村庄的命脉，村庄靠土地来供养、来依附、来寄托，就像灵魂离不开肉体的外壳一样。”在清明节族人聚会时，我对林溪的堂兄弟们说。

那天，我们全族男丁在村庄的祖墓地扫墓。拆迁的消息越来越紧，矮江村、何当村几个邻村都已动工了，我以为这是我们最后一次按照传统的方式集体祭扫祖坟了。一早我就从城里赶回林溪，沿着泥泞而亲切的田埂小路，一路踉跄着到了三晋林里墓地。开发区征地的定位木桩已经将这片墓地包围进去了，刚打下的白色石灰线，越过田埂、池塘与田地，看上去就像一个巨大的、强行切入村庄的刀口。尽管墓地搬迁在即，我们还是虔诚地培土、点香、祭酒，比任何一次都不马虎。甚至，几个堂兄还有意在墓地旁边堆起几堆土，看上去像坟那样，以便到时迁坟，可以向政府多要每个坟三百元的迁坟补贴。

鞭炮噼里啪啦响起，初春的墓地上空，一股青色的硝烟升起，与村庄那永恒的炊烟缓缓地交融在一起。

接下来的清明会餐，照例在堂兄发根家的楼房里。七八桌热气腾腾的菜肴摆上来，孩子们在走廊上蹿来蹿去。不知谁家的黄狗也闻香而来，在桌子底下乱窜，被大人一次次地呵斥着赶开。没有一点悲伤，没有一点哀怨，连一点清明节该有的肃穆都没有，相反，空气中弥漫着一丝喜庆的气息。我与同龄的几个堂兄弟推杯把盏，脸膛很快被酒精醺得酡红。喝着喝着，就讲到村庄的拆迁，讲到童年，讲到赚钱谋生，讲到没了村庄后的未来。我忽然伤感起来，想起村庄的未来，就说了这句话。但我的话很快就被兄弟们的劝酒声盖了过去。显然，这不是适合倾诉衷肠的地方。

也许他们并不这样理解土地，这只是我过于文人化的矫情罢了。毕竟，我与他们不一样，离开林溪、离开土地已经快二十年了。我在政府机关工作，闲暇之余，读过几本书，身上的文人气息日益增多，而与林溪、与土地之间的现实关系，却越来越趋于淡泊、疏远。我的衣食住行都完全依赖城市，我的食物在商场里而不是在田岗里，我的收入在银行的工资卡上而不是在农作物的收成里，我的悲喜在别人的颜色里而不是在村庄的未来里。林溪村的土地肥瘦甚至存留，都与我不再产生直接的关切。用村庄里伯伯、娘娘们的话说，我早已经是“洗脚上岸”了的人。

但奇怪的是，离开故土越久，我就越对她难以割舍，她也越纠结在我的心灵深处，以至成为我心中难以绕过、不得不面对的一个心结。每次林溪村稍有风吹草动，就要惊扰我敏感的神经，触动我满怀的忧思。在谈起土地时，我尽量克制自己的感情，怕自己文人的酸气会遮蔽或篡改我对林溪真正的、纯粹的情感。我甚至担心自己正在加速变成一个生活的审美主义者而不是现实主义者。但这样的感情仍然是无法克制的，当开发区对林溪村土地的征购开始时，我对它的情感近乎狂热。

也许，这样的伤感，与其说是我在离开林溪之后的乡愁中生长起来的，不如说是我在林溪即将拆迁的阴影中加速积累的。之前，即便我在城市里生活的日子，我也总是很自然地将林溪作为永恒的心灵归宿之地，作为我永远随时可以回去的地方，作为我生命轨迹永远不会改变的圆心。我早已把它作为我人生所有荣耀与耻辱的出发地、归宿地。

在城里生活，我常常有意无意地把自己与那些不知道自己故乡何处的人区别开来（当今，这样的无根游子越来越多）。我觉得没有故乡的人是值得同情的，不但因为他们缺少地理意义上的归宿地，我还常常觉得他们的荣耀与耻辱无人分享，这就像一个失去观众的演员一样令人沮丧。故乡的存在，使人自信，让人牵挂，给人无穷的精神养分和源源不断的精神动力。我把故乡视为永恒。

随着拆迁的日渐临近，我忍不住更加频繁地回到老家林溪，看看那些不久就将永远消失的田畴、草木与村舍，看看我童年赤脚踩过的那些田埂、玩耍过的那些草地，以及那些用永不变更的姿势站立了数百年不曾挪动过一步的老树……我心中的眷恋随着预感到的拆迁而疯长。如果有一天拆迁的命令下来了，我会感到自己立即要被连根拔起，像所有那些我怜悯过的没有故乡的城里人一样，成为人世间一棵漂泊之萍。

这将是一次永恒的漂泊，一次永远不再会有着落的流浪。没了故土，我将从此与所有城市生活中的漂泊者一样失去精神的港湾。我到城市生活已经十几年，城市除了给我快节奏的生活方式之外，给我最大的感触就是：城市生活是一种没有根的生活。在人行道等候红灯的时候，我从众多各异的脸孔上发现一种疲惫，这是漂泊者的疲惫，是一种精神没有根基、没有历史可以攀附的漂泊。我向来觉得，城市只有城市本身的历史，而没有城市人的历史，城市人的背后是空洞的，他们不知道自己从何而来又向何而去。这些没有历史的个体，注定是孤独的个体，他们像原子一样单个地而非族群地生活在城里，他们不知道自己的祖先来自哪里，也不明白自己血管中淌着什么样的血液。他们由祖先从历史深处延续下来的血脉线索，迷失在从乡村到城市迁徙的路途中。

他们，只是漂泊地生活着。

当时年少

我曾经是多么热烈地迷恋着漂泊，迷恋着自己有朝一日像江上的浮萍一样，随波逐流，每天迎着不同的太阳，行走四方，浪迹天涯。当那个背着吉他的流浪者从我正在就读的太和圩中学大门口经过时，漂泊流浪的意念立即在一颗稚嫩的心中疯狂地滋长。我似乎找到了自己漂泊生活的范式。我羡慕他背着一个简单的行囊，唯一的身家仅是那把半新不旧的吉他；羡慕他年纪轻轻却满脸沧桑，衣衫不整、蓬头垢面，却掩盖不住炯炯有神的双眼与自我陶醉；羡慕他身上无拘无束的自由与放浪形骸。我多想随他而去！可是我不会吉他。如果我有一把他那样的吉他，我一定会放弃学校的功课远走他乡。

今天想来，我当初的这种意念，或许来自我对土地、对故土的逃离。很小，一种逃离感就紧紧地抓住着我。那是对林溪的逃离。我不清楚是什么在远方一次次地召唤着我，但我内心深处的呼唤总是响在我的耳边、我的梦里，那么宏大的声音，似乎只有我一个人能听见。我还太小，不知道故土的重量与含义，更不懂乡愁为何物。我只觉得任何一个陌生的地方都充满异域的诱惑，都比我熟悉的林溪好，太阳比林溪红，月亮比林溪亮。这种意念纠缠着我十几年，故土竟以一幅枷锁、一种约束呈现在我成长的岁月中。

当时，我并不十分清楚自己所要逃离到何处去，也许哪里都一样，只要离开故乡就行。后来，当我传说一般地听到一种叫城市的地方时，我才恍然大悟，也许那种不断地点燃我逃离欲望的永恒的召唤就来自这样一个地方。有同龄的亲戚从城里下来过暑假，他们告诉我关于城里的事情，他们用悦耳的普通话与彬彬有礼的教养，为我描绘了一个天国一样的理想之地。那里没有晒得让人脱皮的毒太阳，没有灰尘与泥土，没有难以承受的体力劳动，但却不缺粮食，在平坦的路上，有来往的汽车开过，有高楼大厦，有连环画册……于是，城市成了我逃离的方向。在我还没有亲眼见过它的时候，我的心里早已搭起了一座虚幻的城市。她很快变成了我的一种梦想，一种心灵的图景，一种无边的想象。她时常进入到我的梦境之中，撩拨着我的欲望。她也进入了我的日常生活，成为我忍受着超过与我年龄相符的劳动强度的强大支撑。

一九八九年，我被新余师范学校录取。当我捧着录取通知书时，我感觉自己不仅是要进城求学了，而是要走进梦中去了。转眼间，梦幻一般的城市已近在咫尺，我仿佛看见一座金碧辉煌的宫殿向我敞开着它高贵的大门。那是梦想中的富贵温柔乡。我觉得自己成了一只学会了飞翔的小鸟，终于可以远离老巢翱翔远方，一种从未有过的自由与畅快油然而生。我历尽艰险困苦，终于抵达了城市！现实的考虑从来没有人怀疑过由林溪到城市的正当性。父母亲为我的升学在村里大办宴席。他们放下了三百六十五天从不曾放松的庄稼活儿，非常慷慨地用了一周的时间，将老屋收拾得干净整洁。摆放八仙桌时，母亲抬起头看着我，我看到她额头上晶莹的汗珠正在滚落，脸上写着从未有过的喜悦与荣耀。

我的户籍立即转到城里，户籍单上的“户籍性质”一栏上写着：非农。我竟然奇迹般地抵达了梦的对岸。我的抵达也是父母的抵达，也是林溪村人的另一种抵达。他们自己一生都深陷在林溪村的泥淖中，和我们共同的祖先一样，在林溪的土地里不曾离开半步。对他们而言，林溪村的土地既是依靠，也是枷锁，不管林溪村贫瘠还是富饶，他们都已无法脱离。上世纪九十年代，随着农业税赋的加重，枷锁日益沉重。而我作为林溪村的一分子，我的成功逃离成了他们的荣耀，就像一个年届中年被命运之神遗弃的人，忽然看到自己的儿子摆脱命运的困厄而感到无比的荣耀。

对故乡一次次逃离的冲动，正好契合了我青春期的叛逆。师范毕业那年，我曾幻想远走他乡，并一度跑去向老师申请去遥远的新疆，因为那里是自己有可能抵达的最遥远的地方。我去找过老师，得到的是老师一脸的困惑、不解和规劝。我的梦想被“定向培训”所粉碎，“从哪里来到哪里去”的强大原则根本就无视我这个看起来天真烂漫的声音。回到故乡，在简家村教了两年小学之后，我再也受不了孤独寂寞的乡下生活，那个暑假，我只身坐了一天一夜火车跑到广东惠州投奔做生意的叔叔……我不停地走，不断地寻梦，抓住一切可能的机会，只要离开故土就行，不管是荒漠戈壁还是天涯海角。

多年后的今天，青春的热情已经褪去，虚华落尽，漂泊的生活追求也悄悄被安稳的理想所替换，那份远离故土的冲动也已成为一种记忆。多年城市生活的磨砺，更使我对城市与乡村有了新的理解，作为两种截然不同的生活图景，它们在我心目中所呈现的图景已经发生了巨大的变化。在这个空气污染指数常年不达健康标准的城市里，林溪村诸多美好的事物日益显现，日益成为我理想生活的一种投影。由远而近、然后又由近而远的城市生活，于我而言，再也不是梦想中的最美图景，它留在我价值坐标上的还有病态的发展、难以满足的物欲和永不肯消歇的闹腾。

当年我义无反顾地选择了城市，仅是为了逃离林溪；而今天我要逃离城市时，林溪却又在拆迁的阴影中走到了最后的时日。正像许多没有故乡的城市人一样，不久的将来，故园，就将成为我人生辞典中一个空洞的虚词。

逃离

如今，堂兄堂弟们已经是林溪村的主角，他们大多正处中年或青年，在家庭、在社会、在家族中，他们都是中坚者。他们其实是当年没有来得及的逃离者。他们没能像我一样“洗脚上岸”，土地绊住了他们的脚，他们就将脚一直踩在泥土中。其实他们一直在逃离。当土地渐渐变成一种束缚，甚至仅仅成为不堪承受的农业税赋的代名词时，逃离便成为一种必然、一种普遍的行为。

他们用自己的方式逃离。城市仍然是年轻人逃离的首选目的地。背起行囊，他们汇入了南下打工者的滚滚洪流，像他们一样的逃离者数以亿计，他们也许并不孤单。深圳、东莞、广州、温州、上海、宁波……那些原本十分遥远而无关的名字，因某个青年的到达，一夜之间就和林溪村形成了某种牵挂。正根在宁波踩了好几年黄包车，云德后来开上了出租车，大宝初中毕业后在深圳、珠海与东莞一带，八年之后才回到村里娶妻生子……但在二零零八年春，这些在村里消失了多年的身影，都商量好似的，不约而同地回到了林溪。林溪耐心地竖起耳朵，倾听着一个金融危机故事的N种传说。回来，也许是他们必然的命运，这是一开始就注定了的最后结局。他们与易卜生笔下的娜拉没两样，不是死去或堕落，就是回来。只不过，一场全球性的金融危机让他们以如此整齐的步伐回到了村里。可是，这样整齐的步伐与各自的返回又有什么两样呢？他们的土地还在，他们并没有真正地逃离过土地。城市，于他们而言，更是一种虚幻的影像。他们回来后只是说，我去过，我见过，从来不说拥有过。那里是别人的城市，别人的生活，哪怕待得再久，也要回到自己的老家，也要回到林溪。林溪才是他们的永久家园。阔别林溪八年的大宝，见了我犹豫了好一会儿才敢叫我，他似乎成了村里的一个陌生人。他人样都变了，当年清瘦的一个小伙子，现在成了一个肥头大耳的胖子。但一张嘴，依然还是家乡地道的方言，让人觉得既熟悉又陌生。

征地了。拆迁了。回到林溪，我听到的不仅仅是依依不舍的留恋与叹惋，也有热烈的欢呼。我知道，堂兄弟们与我不一样，他们与土地之间长久以来积淀下的恩怨并没有算清楚，感恩与仇恨，厌恶与留恋，各不相同。有人看到的是土地对生命的供养，有人看到的是土地对自己的束缚，有人急切地欢呼土地终于可以变现，而有人却沉静在对土地无尽的思恋和不可自拔的感情漩涡之中……

他们只是想进入城市。可他们前脚还没有迈进城市，后脚的土地就已经被人刨去。或者说，他们脚下的土地已经被人刨去，所以他们才不得不迈入城市。他们是“被城市化”的农民。这或许就是自己，在一些场合听到有人鼓吹用所谓“减少农民”的方式推进城市化时深恶痛绝的原因所在。

因为土地

土地与革命

在井冈山革命历史纪念碑前，大家忙着与那些革命先辈们站在一起拍照留念，希望通过一刹那的影像，将自己嵌进历史的某一刻之中。趁此空档，我避到一边，掏出手机给老家的祖父打了电话。我告诉祖父，在15744名革命烈士的名字中，我找了老半天，就是找不到“胡春才”这个名字。

祖父知道我要与同事上井冈山接受革命传统教育，临行前交给我一个任务，要我一定找一找他的堂兄——

我称作“细公”——胡春才的名字。近些年，我按照他老人家的嘱咐，已找遍了各种有可能记载胡春才事迹的老县志和红色革命活动史资料，可每一次都令他失望。

我的电话无疑又是一个令他失望的消息。电话那头，是祖父简单的一句：找不到就算了。看似轻描淡写，但我却听得出话音里难以掩饰的失望。我想像得到，须发斑白的祖父，此刻在他洒满阳光的小堂屋里，久久地握着电话听筒，神情严峻，半晌无语。

祖父已经年过九旬了，每次回到林溪看他，都感觉他额头的皱纹又深了一层，苍老也加重了一层。祖父六岁丧母，十九岁开始与他的同道师友奔走江湖：五星命理、风水地理、武术伤科、戏曲杂耍，他样样涉足，样样都出类拔萃。他行过万里路，阅过无数人，算是见过不少世面。按理说年纪越大，记挂的事就越少，可是对堂兄胡春才的事，这些年他却一直记挂着。自从我进城做了机关干部，他就一直没忘记要我寻找各种史料上关于胡春才的记录。我一次次空手而回，让他的希望已经渺茫。可他却始终认为，他的堂兄胡春才是为革命而牺牲的。

每年总有几次这样的日子——或者是某个节日，或者是家族中某个人的某种喜庆日子——祖父的九个儿女以及数十个孙辈、曾孙辈们暂时放下手头的生意、事业或者学业，从各地陆续回到林溪。老老少少的一大家人在院子里围坐在祖父身边。阳光照进院子，空气中鞭炮的硝烟还未散尽，家养的几只黄狗在人群中钻来钻去。祖父一下子陷入了回忆与往事之中，他点起一支卷烟，在腾云驾雾中打开他的话匣子，前五百年后五百年的陈谷烂米，就从他的口中娓娓道来。

我已记不清祖父已经是第多少次用他沧桑而又充满自豪的口吻讲起他的堂兄胡春才参加革命的往事了：

“我是一九一九年己未年出生的，春才大我四岁，乙卯年出生。我十九岁出道跑江湖时，春才已经过世好几年了。

“参加革命时，春才还不到二十岁，我现在还记得他的样子，很标致的一个后生，人高马大，身强体悍，说起话来声如洪钟。当时，我伯伯在林溪村没有了田地，日子混不下去了，就带着一家大小投奔到南边山上的良山鹊桥去给人家种田，本想赚碗饭吃，哪知道这一去竟把个儿子搭进去了。

“南山一带深山陡岭，人烟稀少。这里山连山，据说一直连接到了井冈山。当时良山、九龙山附近一带正在闹革命、走红军，三天两头听到有钱的大户人家半夜被抓去。

“不知怎么，春才与红军联系上了。起先是白天在家种田，晚上干革命；后来，干脆不知道人跑哪里去了，整天在外头不归。大约隔了半年，春才回来了，腰间插着一把锃亮的手枪，威风凛凛的，说是参加了红军，当了个排长，回来打土豪，将来要把田地分给没有田的人。当时那一带有钱人听到他的名字都心惊胆战。

“后来的事还是出在朋友身上。一个与他一起干革命的兄弟，得了人家的钱，串通那些有钱的人要捉住春才。可捉住春才也没那么容易，他在山林里神出鬼没，有时一出去就十天半月不回。

“这次，大概是五月边，端午节前后的样子，这兄弟邀他到家里喝酒。春才哪里知道这革命兄弟已经反了水？心想，革命兄弟请喝酒，也没什么害怕的。就去了，也还带了枪在手，以防意外。可等酒喝得正酣时，猛然听到屋后起了一声枪响。原来是前来捉他的联防队员不小心擦枪走火了。春才是个很精敏的人，听到枪响立即扔了手中的碗筷往前门逃跑。这个得了钱财的兄弟，赶紧跑过去抱住春才，说，兄弟你不要走，你走了，他们会说我故意放走红军，会把我抓走；你不走，我会跟他们说清你不是红军，你我都没事。说话间，这兄弟两手还紧紧地箍着春才的腰身不放。这时，从后门口冲进来几个人，手里晃着刺刀枪。看到这架势，春才使劲一把挣脱了这兄弟的双手，从屋子侧门口逃奔出去。

“这时正是农历五月边上，水禾正在灌浆，正是晒田的时候，田里的泥还是稀软的。春才从屋里逃出来，哪里还挑拣什么路不路，只一门心思逃，想不到一出门就陷进了这样的禾田。两脚都是泥，哪还跑得动！

“还没跑出几丈远，后面的联防队就追上来了。结果，自己还没来得及拔枪，就被抓到了……二十岁上下的人，没结老婆没生崽，就被杀掉了……”

讲到这，围坐的人就都一阵嘘唏。这嘘唏里有对祖辈春才的惋惜，也有对革命中所作出牺牲的感慨。

“大概五几年——刚解放的那几年，我在宜春地区文工团学习写剧本时，就用春才的真人真事改写成了一个剧本，老师都说写得蛮好，还获了宜春地区的一个什么奖。老师夸我故事编得好，可他们哪里晓得这是真人真事！”

“八几年，有一天，我正在田里做事，大队干部叫我和几个人到村委去一趟。原来是县里派人来问起春才的事，问他有没有后人。我们都如实报告，告诉他们春才连婚都没结，哪会有什么后人。哪晓得，报了会有补贴的，算是革命家属。本来他有过继到他名下的侄子，结果没报，县里以后就再也没人过问了……”

每次，祖父的讲述总是在亲友们的一阵惋惜中结束。大家将讨论的话题自然就转到了各种假设上去了。诸如，当初要是没死，今天当是如何地发达显要；如果八几年县里来调查时报了后人上去，村里谁又会如何地受到优厚待遇；现在应该再去向有关部门申报之类云云。

春才早已被遗忘了，像很多革命者一样。对于今天的林溪而言，他是否曾经存在过，都已不再有多大意义，他不曾影响过哪一个人的存在，不曾改变过村里的任何草木。可细想之，其所向往的中国革命，却又无不深深地影响着、形塑着今天林溪的所有。一九四九年后，和全国大多数地方一样，耕者有其田的朴素愿望在林溪村变成了现实。难道说，这现实的变化之中，就没有春才用生命付出的一份功绩在其中？

春才没上过学，谈不上什么文化，或许也不懂得什么深奥的革命道理。但他参加革命却是真诚的。他无田无地，纯粹一个游民。他出自于改变自己处境的强烈愿望参加革命。他与他的父亲一样，只是强烈地渴望有田地耕种而已。

在某种意义上，春才是林溪村第一个为土地而牺牲的人。当往事成灰，历史已经大写之后，人们往往喜欢把一些细微的小事说成宏大历史的一部分、或某种看似十分完美的诠释系统的某一个环节，却偏偏不愿去承认那些有血有肉的、余温尚存的细节。即使我们绕开这些宏大的叙述，也不难想象，在这样一个革命者的心里，对土地到底有着怎样的焦渴，一个人的生存到了什么状况或者说他的眼中看到了什么，才至于铤而走险？在并不算漫长的生命中，他又饱受过多少饥饿、寒冷与颠沛流离？而这些又如何使他最终表现为对土地的追求？而一块土地，又会给他无所依靠的心灵带来怎样的抚慰？也许，当年只要一小片土地，就足以熄灭他心里陡然升起的革命的火焰！

有人说，土地是农民的生命。的确，对土地的不懈追求，似乎是农民近乎永恒的生活主题。在林溪，这种对土地的不竭追求，并没有随着春才的去世而停止，只不过，它总是改头换面，在另外的地方，以另外的形式演绎着。

祖父的土地

我没见过一九四六年夏天的林溪村是什么样的，是否和后来所有的夏天那样草木蓊郁、暑气蒸腾，是否也有草叶的气息让人陶醉，是否也和大多数时候一样，鸡鸭成群，在村前村后繁茂的荒草丛中嬉戏鸣叫，充满了世俗生活的甜美与宁静。

我也无法知道，一九四六年的祖父，尚且年轻的额头上是否开始叠起皱纹，无法知道祖父将自己奔走江湖七年的不薄积蓄交给邻村的地主时，心中起了怎样的波澜。

但我知道的是，一九四六年的祖父，肯定不知道远在千里之外的重庆，正在进行着一场决定着中国未来的谈判，并最终谈判的结果成了一纸空文。否则，祖父或者用不着在仅仅数年之后就将全部的土地悉数拱手交出。

或许，只有林溪村的草木和流动的风记得这一切。

祖父背着那只形影不离伴随着他行走江湖多年的经包（用于放置算卦的万年历、看风水的罗盘等工具的包袋）像往常一样回到了林溪村。他的经包再一次被铜钱和现洋充填得鼓胀起来。加上他前些年的积蓄，他已攒下了一笔不小的财富。对于一个多半时间处于赤贫的人来说，这笔财富足以让人陶醉。就在他用满足的眼神再一次清点自己家当的时候，祖父忽然产生了一个出乎意外的想法：我要买地。

如果时间倒回一九四六年夏天，我们可以看到：祖父一家五口，膝下现有两男一女，田地十三亩，生活还算宽裕。十几亩土地，这在当时当地而言，也并不算少，即使不用外出行走江湖，一家人的生活也应该衣食无忧。更何况，祖父总是隔三差五地背着他的经包外出“做生意”，短则一次十天半月，长则一次数月之久。他的活动半径辐及赣中的大部分地区：吉水、泰和、新干、樟树、峡江、安福、分宜、新喻等县。他一路结下了不少江湖朋友，依靠他们落脚。而那些被生活压得透不过气来的底层贫苦农民，则像迎接神一样等待着我祖父用他的“五星命理”去点破他们命运的玄机，从而在无尽的苦难中获得一点点可怜的心理慰藉。当然，在他们获得慰藉的同时，祖父经包中的钱袋也渐渐隆起。

我有时觉得，那时候的祖父不是一个江湖术士，反而更像中国旧社会的一个民间精神导师，更像基督教社会中的牧师：他上通上帝，下达百姓，向上帝他求告百姓的苦难与救赎之道，向百姓他传递上帝的忠告与命运的不可违逆。

无论从哪个角度看，买土地都不是祖父最紧迫的事情。他是农民，却并不依靠土地而谋生。那他购置土地的动力来自哪里呢？笼统地说，也许是中国农民的思维与习惯定势，是安土重迁的文化使然。具体的解释也许是：祖父长年奔走江湖，每天睁开双眼看到的都是不同的面孔与不同的风景，在他看似春风得意的背面，内心深处隐藏着一种深深的不安，一种对生活无所依托的漂泊感；或者说，在他获得尊严的同时产生了一种对时间消逝的虚无感，江湖的陌生与险恶，让他置身于随时可能失去一切的恐惧之中，而唯一能消弭漂泊感、平息不安与恐惧的，无疑就是那无法移动、近乎永恒的土地。

祖父看上了村口最上等的七亩地。这七亩地，水口好，天晴不干，久雨不涝，是一块可当秧田的上等好地。可不知什么时候，这七亩地已经属于邻村的一户势力强大的大户地主了。

这并没有动摇祖父的决心。他开出了比通常高出三倍的价格，几乎是倾其所有家产。当祖父最终将价开到每亩300块大洋时，大户人家也觉得不好意思再讹诈下去了。

看着两千多块沉甸甸的大洋哗啦啦地倒进大户地主的钱袋中，祖父的脸上应该绽开了一丝不容易觉察的笑容。他心里踏实了许多，即使江湖再大的险恶，也从此有了二十亩土地忠实的护佑。

之后的祖父，依然是背着经包行走天涯，依然是一出门就十天半月，依然是披星戴月、跋山涉水。他不得不比以往更加勤勉。他随行的物品中从此多出了一个黑陶油罐，里面注满了清润的菜油。每当在一个地方歇下脚，祖父就取下油罐，在夜幕降临的时候点亮灯芯，将那本早已翻破了的万年历和另一本烂熟了的《易经》在桌上平铺开来，慢慢研读，在六十四卦中参悟命运的变幻莫测，一任街门外莺歌燕舞，直至灯台上清油将近，火苗渐熄。

祖父当然无法预测到三年后的变化。一九四九年，祖父在地里转悠了几天，最后签下了自己的名字，极不情愿地交出了包括这七亩地在内的所有二十亩土地给人民政府的农会清算委员会，与全村人一起平均分配。祖父自己这时也成了农会清算会的委员。不管你是多么酷热积攒土地，最终也抗逆不了历史的命运与时代的巨大惯性。1956年，祖父又在半强制半自愿中将分配给自己的土地悉数交给了农业生产高级社。至此，祖父已经一无所有。他的经包已经多年不用，他回到了林溪，成了生产队一名每天按时出工的劳动者。站在那些曾经花费了他几乎所有积蓄购置回来的土地面前，祖父从此埋藏了对土地的所有热情，与村里的任何一个阿猫阿狗一样，成了一个冷静的旁观者。

无论贫富贵贱，土地全部归集体所有，这样，反而将一个人对土地的渴求热度降到了冰点。

子曰：不患寡而患不均。

父亲的土地

如果说祖父对土地的向往历经了一个由热而冷的变迁，那么完全可以说，父亲经历的则是由冷而热的过程。历史往往就是如此诡谲无常，任意在他的主人身上打下令人啼笑皆非的印记。

一九九六年，当父亲带领全村男丁，牵牛肩耙，强行翻耕那与镇政府争议中的一百亩农场地时，父亲对土地的热情达到了顶点，也完成了他对土地由冷到热的一个完整轮回。

我常常猜测，那个早春的天气，柳枝上的芽尖儿应该已经暴胀开了，太阳开始明亮起来，照在身上温暖和煦，但水里却还残留着几分冬天的寒意。田地里青青一片，长着冬绿的杂草，还没有从冬天的沉寂中苏醒过来。随着阳光的转暖，地里一年的安排应该明确，多少地该种水稻，多少地该种棉花，多少地该种瓜、种豆、种各色蔬菜，都要做出详细的安排。

晨色微明时候，父亲就扯着嗓子在村子里喊起了话："今天上午去农场翻田哟——一家一个人——"饭后，村里的男人们就陆续出来了，村里通往下风的机耕道上，人声喧闹起来，赶牛的吆喝声，大声说话的声音，在早春的田岗上形成一道别样的景致。他们往下风的那个镇政府农场浩浩荡荡地进发，像是开赴一场伟大战争的前线。

林溪村南边的那岸水田名叫下风。出村不远处，在一片田地中间，突兀地立着几间老式的砖瓦房，低矮、整齐，不像民房那样别致地错落着，明眼人一看就知道是上世纪六七十年代公社农场。这个农场原本是六十年代初人民公社时成立的，从林溪村划出了一百亩水稻田。进入九十年代以后，乡镇企业都已经破落，这样的农场也早已名存实亡。现在，农场将土地全承包给了两个外地人耕种。前些年，林溪村村民几次自发组织向镇政府讨要土地，每次都在等待中渐渐没了回音。感觉被愚弄的林溪村民准备不再向镇政府讨要了，而是采取行动。父亲，作为一个德高望重的老党员、老村干部而被大家举荐为带领者。在过去的四十年里，父亲作为入党积极分子、党员、生产队队长、村团支部书记、民兵营长、大队长，不止一次带领过村民。他带领村民兴修水利、平整土地，带领大家大炼钢铁，带领大家扒掉各家各户小灶共吃“大锅饭”，带领大家将粮食“交足国家的、留足集体的”，带领大家在地里数十人集体劳动，带领大家搞“文化大革命”，带领大家划阶级、割资本主义尾巴，带领大家斗地主，带领大家抓生产、促发展，带领大家“农业学大寨”，带领大家分田到户，带领大家植树造林、科学种田，带领大家团结一致向前看，带领大家种棉花、发家致富……

父亲无论如何也没想到，从村委会干部岗位上卸任五年后，他会再一次带领大家，用行动去夺回属于自己的土地。之前，他总是带领大家去完成上级的某项任务，而这一次却是带领大家去与政府索要自己的土地。有讽刺意味的是，四十年前，正是他代表林溪村两百名社员在公社划出一百亩土地给公社农场的文书上签下了自己的名字。

仅一个上午，村民几乎将百亩水田全部做样子般地翻耕了一遍。试想，数十个人与牛的组合，在一百亩地里来回耕作，赶牛的吆喝声与充满喜悦的谈笑声，回荡在初春田野上，金黄的油菜花开得正灿烂，在远处的地平线上衬映着，这是怎样一幅唯美的图画呀。

尽管后来镇里以聚众闹事为由，给了父亲党内警告处分，最终土地也只是部分地归还给了林溪。这年夏天，水田里的稻子长势喜人，与下风的稻子连为一片，从此不再分出彼此。

处分决定书是镇政府小习送来的。他是父亲多年的朋友，在村委蹲点的那几年，渐渐与父亲有了私交。父亲用他那双接过数十次优秀党员、优秀村干部荣誉的双手接过处分决定书。父亲竟然十分坦然。也许他知道，承受这惩罚的，并不是他孤独的一个人，还有他背后所有村民。父亲笑呵呵的，留下小习吃了午饭。席间，两人话语良多，从来滴酒不沾的父亲，竟然喝下去一瓶啤酒。小习也大醉而回。此后，两人成莫逆之交，友情愈笃。

消失的村庄

我曾经亲眼目睹过邻近一些村庄的消失。

那是一个对美的惨烈的摧毁过程。直到现在，那最后的惨状还一次次在梦中惊扰我。那些依山傍水、历千百年自然形成的村落，一夜之间就崩塌了。飞檐斗拱，青瓦红墙，以及夕阳下那缕徐徐上升的炊烟，村落之间此起彼伏的鸡鸣犬吠，父亲母亲对孩童长长的召唤，一夜之间就消失得干干净净了。房屋已夷为平地，被岁月熏黑了的大木料搬走了，只留下满地狼藉的砂石、古旧的残砖、灰暗的椽木，破旧的家具、遗弃的衣物，散落在昔日桃李芬芳的院子里，仿佛是场急切的战争刚刚驱赶着人们匆匆地逃命而去。

邻村矮江村是我所亲眼见过的消失得片瓦不留的村庄之一。矮江村本在林溪村的西北面，以一个名叫共工山的红壤土丘分水岭作为两村地界。分水岭以内，是林溪村夏天连片的花生地，或者秋天雪白的荞麦地。地平线随着山丘缓缓起伏，天空高远空旷，百雀羚在云端细细碎碎地吟唱。分水岭另一侧，整整齐齐地排列着杉树，整座山就像站满列队的士兵一样，林木茂密，人畜都无法进入，只有各种各样知名的和不知名的鸟雀发出古怪的号叫，从森林深处传来，悠远、神秘而恐怖。那时我年纪尚小，小学语文课上刚学过一个少数民族民间传说《猎人海力布》，我总是在想象中难以抑制地把这里对应为猎人海力布偶遇小白龙、听懂鸟说话的那片神秘森林。红壤土丘下的一座小型水库，为两村所共有。不知是什么时候，他们创造了一种独特的共有关系：水归林溪村所有，而水库的鱼归矮江村所有。尽管这样，两村却从来没有因为水库而起过争执，祖祖辈辈和谐相处。

我虽较早离开林溪村在外读书，但对邻村矮江依然保留着清晰的记忆。那时年纪尚小，关于为什么去、与谁去矮江村的细节全都湮灭在记忆的黑洞里。但有一个场景，三十年后的今天还历历在目，我相信今生都不会再忘记了：一条窄而长的泥土路，曲曲折折地从共工山下去，前面的平地上就是矮江村，几幢瓦房错落有致地依着土丘而建。进村的路忽然宽一些，路口几棵老树，好像是樟树，又像是楮树，都郁郁葱葱。再往前是一口水井，水泥铺就的井台，麻条石砌成的井沿，都附着碧绿的青苔。我似乎在渴暑难耐中汲取了井水，阳光下，木桶里清洌的井水晃动着，阳光反射在同伴的脸上跳跃，水中漂浮着刚摘下待洗的桃子，艳丽灿烂，新鲜欲滴。头顶上是旁边几棵桃树横伸过来的枝丫，缀着沉甸甸的果实，粉红的，青色的……总之，我记住了这一幕，数十年来它一直定格在我的记忆相册中。直到后来，我学到陶渊明的《桃花源记》《五柳先生传》，便不由自主地与这一幕对应起来，好像这里就是那个世外桃源，就是陶渊明的隐庐。所以，我常常以为，矮江村虽然不是我的村庄、不是我的故乡，但她也一样参与着我精神世界的构建，成为我精神家园和精神地标的一部分。她的彻底消失，也就不是与我无关的事了。

现在，共有的水库也好，海力布的森林也好，桃花源也好，都从地平线上抹去了。村庄所有的痕迹都被抹去，只有被机器推平的红壤，干干净净的新鲜土壤。这里成了开发区一家风电设备厂空洞的厂房。而矮江村也早已抽象成了人们记忆中的一个符号。可以说，他们在摧毁矮江村村民们物质家园的同时，也摧毁了我的精神家园。她的消失，于我而言尚且如此，对那些祖祖辈辈生于斯长于斯的村民而言呢？我不敢想象，当有一天自己的林溪村被人从地球上彻底抹掉痕迹时，对我又将意味着什么。如果说我们是个喜欢寻根问祖的民族，那么这些村民又将如何建立自己与这个世界、这个民族的血脉联系？又如何确定自己的文化身份？

矮江村是突然消失的，几乎在一夜之间就连影子也找不到了。而何当村则是一点点地消失的。一个据说能产生不少经济效益的纺织厂，已经占据去了它的半个村庄，而另一半村庄，则如林溪村一样，至今还在等待推土机轰鸣的降临。

被拆的半个村庄，大多数人家临时寄居到了林溪村。村里有史以来第一次有了许多半生不熟的面孔。寄居在我家老屋的是绿贵。母亲说，本来不想给人住，自己家的房子，给别人家住，别扭。其实，父母亲新建了楼房后，老屋就一直空着，已经十几年不再住人了，放些柴草、花生秆，也关牛、关猪，秋天放谷子、红薯。但舍不得归舍不得，母亲还是打扫干净，把那些再也用不上的锄、耙、犁、篓之类农具收拾到一起，腾出两间老屋给绿贵家住了。母亲说，看着他可怜，旧房子拆了，新房子没做起来，总不能叫人家住树下哈！母亲是个心慈的人，给他家住还尊重他们，不提苛刻的要求，不在绿贵面前装东家，不给他们脸色看。不像村里的阿明老婆，说是给何当明华家租住了，可又欺侮人家，怪人家不保管自己的房子，往墙上钉了钉子，小鸡小狗妨着了她，三天两头给人家脸色看，指桑骂槐，还把人家的东西扔出去，明知道人家无处落脚，还要赶人家走。明华老婆来找绿贵老婆诉苦，一把鼻涕一把眼泪。母亲看了难受，更加尊重绿贵家，对他家客客气气。绿贵一家五人也对母亲客气，有什么好吃的都会送一点过来，给母亲尝尝，母亲也回馈给他们一点零食，都是亲戚过年送的旺旺雪饼、冻米糖什么的。绿贵对我也客气，知道我在外工作，看到我归来远远地就与我主动搭腔、递烟。我不抽烟，也不带烟，没有烟回敬他吃，怕他误会我有架子，我就与他拉家常。拉家常是我的弱项，但我还是与他拉，讲他三个女儿，两个在读书，一个在打工，讲他家正在建的安置房。每次回林溪，我都要到老屋转转，没事，只是看看，看了心里踏实，有一种从容与满足。但绿贵住后，我不去了，我怕打搅人家，怕他以对东家的眼光看我，怕伤了他的自尊心，一个寄居者敏感的自尊心。

明华在阿明家住了半年，终于搬走了，寄住到另一个村庄去了。新去的人家房子小，容不下多少东西，明华就扔掉了很多家什，在阿明家的院子里一堆。也不知道在新的地方，明华家老婆还会不会与主人家吵架。

他们的流离失所只是短暂的，政府安置的小区房很快就会建好。但当他们真正住进城市一样安置房的时候，另一种流亡也许就要开始了。他们再也没有自己的土地，再也没有可以依附的根基，他们用什么伸进大地的深处、吸收大地给生命提供的养分？被连根拔起的人才是真正的漂泊者。我从来不认为生活在城里或像城里人那样生活会有真正的归宿感，相反，城市生活者才是永远的漂泊者，他们的情感无法伸进历史的泥土之中，他们的祖先被时代的浮泛所掩盖，就像没有根的浮萍，只能随着潮涨潮落浪迹江湖。

目睹着这些村庄的消失，我常常想到林溪村的明天，想着想着，心里就酸酸地有些痛，升起难以驱散的薄雾似的愁绪。

哥哥当了村支书后，我把自己的想法与不舍情感给哥讲，要他与镇里多交涉，我们村就别拆了。哥听了只是摇头。我说，村干部不签字，地就征不了，你不签字就行了。哥说，没有用，我不签字，镇里会立马找个愿意签字的人来当支书。我知道哥的难处，其实他也常常说村子拆了可惜之类的话，但他并没有办法。城市一天天扩大，林溪村迟早都是城市的一部分，无人能挡住。我当然也不想挡住。我只是想，我们的乡村可否以一种更易接受的方式融入城市，而不是被城市一举扫荡、一举吞没。

有人说，城市是一种生活方式。那么，农村应该是另一种生活方式了。如果说选择自己的生活方式是一个人最基本权利的话，那么，我的这些乡亲们已经失去了自己基本的权利。他们从来没有选择过。他们的历史没有被尊重，他们的习俗没有被尊重，他们个体的尊严与选择也没被尊重。他们被强行纳入了一种自己并不熟悉的生活，这种生活叫做城市。村落散了，族群散了，他们得学会以单个家庭而不是相互依赖相互配合的家族在社会中生活了。从此，他们或许看起来有了更多的自由，不用被土地粘住了，但他们却同时不得不学会孤独地生活。从本质而言，城市生活是个体的生活，是个体参与到庞大的社会分工中，个人是孤立的，生活是孤独的。而农村生活本质上是一种群体生活，相互之间配合在一起，在精神上从来不会孤单，因为每个人的身后都有除家庭之外的庞大族群，每一个行动，如结婚、升学、发财、牢狱，都不仅是你个人的事情，同时也是你整个家族的事情。

对一个村庄的拆迁，何止是房屋与土地的变换这样简单？同时拆迁的还有人的精神世界与生活方式。但没有人会在意这些，甚至连村民自己在拆迁来临之前也不会太在意。即使有人以留恋故乡故土为由，也永远不可能说服那些拆迁者。在他们眼中，只有拆迁、只有GDP、只有发展才是正途，才是主流。没有谁会在意，当有一天他们流落到城市，他们的精神世界是否能够重新构建起来。在一个发展主义至上的年代，人的精神世界总是被有意无意地被忽略，这样又反过来加重了精神世界的危机。

宠江山上，村民拆迁安置小区越来越大，这个看上去生机勃勃的新区，脚手架不断升起来，新的楼房一幢幢拔地而起。来自开发区周边各个村落的失地农民，都集中在这里安置，六层的单元房替代了原来的独门独户。这个新的村庄与自然的村落看上去是多么的不同，与近在咫尺的林溪是多么的不同。新的居住形式使他们有了新的邻居与新的邻里关系，他们不再是朝夕相处地种着同一块土地的农户了。除了居住在一起之外，他们很少有共同的职业。早上，他们各自奔赴村子旁边的工厂，晚上才回到安置房，连照面也难得打上一回了。

一个没有了土地的村庄，其实已经不再是个真正意义上的村庄了。但，没有了村庄，因此就是人们梦寐以求的城市么？

第四辑　林溪之风

金子菩萨

金子菩萨，是他的绰号。

无论什么时候，黄金都是富贵的象征。每当我听林溪人带着揶揄的语调喊他的绰号时，我总是联想到一樽用黄金铸成的观音菩萨，金光闪耀；总是联想到财富、阔绰这样的字眼，联想到城里人那种优雅的、轻松的、体面的、干净整洁的生活。如果你不是早先熟悉绰号后面的他本人，无论你有多大的想象力，也难以将如此金光闪闪的名字同眼前这个脸膛发黑、胡子拉碴的灰色老汉联系起来。

所幸的是，他通身上下，确实有两样像金子一般发光的东西。一样是深嵌在他黑脸膛上的滴溜溜转的细眼珠子；一样是在他那身洗得发旧的、不知是由于身体太瘦还是码子太大而显得有些宽大的旧军装上，有一排闪光的黄色纽扣。虽然这排纽扣已经不知什么时候掉了最底下的那一颗，但的确，它们镀着金色的漆！当黄色的军装在他劳作后沾满油渍的时候，纽扣更加闪烁着夺目的金黄的光，成为他全身上下最接近金子的东西。

村里人进进出出，进一句“金子菩萨”，出一句“金子菩萨”，笑呵呵地直面称呼他、喊他、揶揄他，他也笑呵呵地应答。

我得先从他那双滴溜溜转的细眼珠子说起，因为这是他一生丰富多彩的一个重要基础，更是这个誉满乡村的绰号的重要源头，就像田头沟渠里阳光下闪动着的清水，追本溯源，你总会找到一个蓄满清波的水库。村里那些善察人世的老人说：一个人眼珠子转动的频率，基本上是一个人的智商。这一点，在他身上得到了确切的验证。他智商过人，眼珠子也转得特别快。别人一说个什么事，第一眼看到的不是他面部的表情，而是他眼珠子的迅速转动，几秒钟之后，眼珠子停下来，他面部的肌肉表情才突然出现。在乡里，他出了名的聪明。他总能在别人看不到机会的时候看到机会，在别人注意不到利害关系的时候注意到利害关系。比如，在城里的反季节蔬菜还不是很常见的那些年，他会在五月苞（一种毛豆）还没有完全饱满的时候就去摘收，然后提到市场上去卖，别人看来他损失了不少产量，但他却因此卖了个特别高的价钱，比村里其他人卖饱满的毛豆挣的钱多得多。又比如，他在村里总是第一个用那些新的化肥农药产品，如920催长素、多号矬植物生长激素、杀草剂等，省了不少劳力，却使庄稼长得格外壮实。据说，由于聪明过人，他与人打交道，从不会吃亏。所以，细心的人就会发现，在他那桶聪明的溶剂中，其实还掺兑了不少狡黠的成分。但这些并没有影响他诚实的信誉。对他的信任，隔壁邻居们从来没有谁打过折扣。他始终是乡村庞大的老实巴交农民群体中的普通一员，从来没有离开过。

早先，在人们还没有赋予他这个闪光的绰号的时候，他是以一个能干者的名气享誉乡里的。作为乡里的名人，不少人都认识他。乡里赶集时，常常冷不防有人在后面拍一下他的肩膀招呼他："老兄弟，当闹啊！"后来，他当上了村干部，常常在村部破旧的小楼前走来走去。但他却仍然和和气气地与人搭话，没有一点官架子。他既不是村支书，也不是村主任。当然，由于性别原因，他也不可能是村妇女主任。他并无多少文化，自然也当不了村委会会计。他就是村干部，好像没啥职务，即使有，也可能只是民兵营长和团支部书记之类的虚职。可这样的虚职，谁会记得住呢。大家仅仅知道他是村干部而已。人们常常看到他在村前那条狭窄的土路上经过，穿着一双中筒的黑套鞋，好像刚刚从地里劳作回来，或是刚从村委会开会回来，手上还沾着泥土，嘴角叼着一根低质的香烟，不时喷出一股浓烈的烟雾，遮去了半边脸。

尽管聪明有余，可是直到九十年代市场经济的商业浪潮蔓延到乡村时，他的胡子开始花白了，没有赶上发财的大好时机。加上他的诚实，又生在林溪这样的偏僻地方，他的生活和大多数人一样贫困而又安稳。房子是上世纪八十年代建造的瓦房，交通工具是九十年代以来一直都在用的自行车，他想要摩托车的愿望从来没有实现过。

在开发区还没延伸到林溪村的时候，楼房和摩托车，算得上是乡村的两大体面之物。他差一点将两者一并拥有了。只差那么一点儿，他就要将三间瓦房掀掉建造一幢三层的新洋房、要买本田摩托车了。可他终于没有造成房子，也没有买成摩托车，却落得了一个日后挥之不去的笑柄。

那事我得从头说起。

那时他还是受人尊敬的村干部，人聪明，说话有分量，村里哪家哪户有个家长里短，都爱找他评理说情。最终，他往往凭三言两语就消解了那些婆媳之间、兄弟之间的疙瘩。

那天他正在劝说村里一对吵架的夫妻，老婆派人来要他回去，说家里来了两个陌生的外地人。在这地方，村里来个陌生人，比黑母猪生了白猪仔都少见。他细小的眼珠滴溜溜地转了好几个来回，心里还来不及琢磨清楚是好事还是坏事，便立即撇下那对劝说得快要和好的夫妻匆匆赶回去了。

果然有两个不认识的人站在大门口。一个高瘦，一个矮胖，操的是普通话，但不太标准，有着浓重的地方口音。

两人自称从南京来，是为了完成祖父的一桩心愿。来者首先问这个村子是不是林溪村，然后又问村里是不是有一片叫李家冈的田岗。他都一一如实作答。最后，两个南京人把他扯到一边，悄悄地告诉了他们的想法。南京人说，他们俩是堂兄弟，他们的祖父是当年的国民党军官。最近，祖父在台湾去世了，一生都没有再回过大陆。临终前，祖父从台湾寄回来一封信，信上提到，他当年与共军混战兵败，路过林溪村，因为来不及转移，祖父便将随身携带的两个纯金观音菩萨就地掩埋在了林溪村李家冈的一棵油茶树下。他祖父老人家以为有生之年还可以亲自回来寻找，所以一直都没敢说，直到临终前才说出来，要让他们堂兄弟两人找回来，一人一个平分。如果他能帮他们找到金子菩萨，他们愿意重金酬谢。讲完来意后，两个南京人还补充说，为了稳妥起见，他们特意找到他这个当村干部的，恳请他一定帮忙，并希望他保密。他们还说，一旦泄密，找到的金子菩萨属于国家不说，说不定还要引来杀身之祸。

看着一封盖了台湾邮戳的信，特别是那些似懂非懂的繁体字，他的细眼珠子这次转了好一会儿。疑惑、警惕、庆幸。最后，他觉得自己鸿运当头了。当天，他把两个南京人留宿下来，杀了只鸡，从市场上斫了一斤猪肉，买了两条草鱼。他要老婆好好地做了一顿美餐。晚上本来想好好喝点酒感谢一下财神，不想南京人却以“事关重大，不敢喝酒，等事办成了再喝也不晚”为由，滴酒不沾。这天晚上，他哪儿也没去，早早关了门，也不让别人来串门。

第二天一早，他带上两个南京人，按照信上描述的地址特征去李家冈找金子菩萨的下落。为防止引起他人嫌疑，他还故意挑了一担子草灰，装作去施肥的样子。果然，在李家冈那片小树林中，有一棵从根部就分成三枝杈的老油茶树，与台湾来的信中描述得一模一样。按照信中所描述的，三人开始在老油茶树根的东北面开挖了。

一阵挥汗如雨之后，他亲眼看到红色的泥土中，两个金光闪闪的观音菩萨从南京人的铲下逐一露出土面。他从来没见过这么大的一团黄金！他用衣袖拂去金菩萨上的泥土，握在手上，沉甸甸的。每樽起码有一公斤重！黄金就是黄金，比铁和铜要沉得多！他想，自己在林溪白白生活了几十年，每天挨着黄金过日子，竟浑然不知，简直是罪过！

三个人神秘地、小心翼翼地将金子菩萨抱回了村里。午餐，他要老婆依然做了顿好菜，还开封了那坛留了几年的老酒。三个人都欢欣得很，酒将他们的脸膛醺得酡红。

南京人终于开口了，要给他五万块钱感谢费。他们说，每个金子菩萨起码要值二十万，给五万块钱只是一个金子菩萨的四分之一，不算多，要不是他的帮助，他们一克金子也得不到！南京人一边借花献佛敬酒，一边还感谢不迭。

推杯换盏间，南京人说，想不到找到的金子菩萨这么大，只可惜来的时候只带了两万元块钱，而且一路上花费得差不多了，怎么也支付不了这五万元感谢费啊！这可怎么办？他们三个左思右想，最后商定，先由一个人带着金子菩萨回南京取五万元钱来，等感谢酬金付了之后两人再一起回去。转念一想，又觉这样不妥。一个人抱着两个如此大的金子菩萨行程千里，万一有个闪失可不得了。最后他们三人商定，由两个南京人先带一个金子菩萨回南京，另一个先押寄这儿，由他给南京人三万元现金作为押金，等他们取了五万元感谢费回来后，再把三万元押金和五万元酬谢费一并给他，最后才把另一个金子菩萨取回去。

他自然很高兴。看着一个重达一公斤的金子菩萨闪闪发光地放在家里，他心里踏实！不要说三万，就是给十万南京人，他也愿意！很快，两个南京人就带着他家里仅有的三万元现金，并押着一个金子菩萨去南京老家取五万元酬谢金去了。临行前，他要他老婆煮了二十个鸡蛋送给南京人在火车上吃，把两个南京人的包塞得鼓鼓的。南京人还刻意将自己的身份证号、家庭住址抄下给他留下。火车即将启动了，南京人一再叮嘱，千万别把事情告诉任何人，万一自己的金子菩萨在这儿不安全，自己如何向死去的祖父交代！

他迭迭地说：保证不说！保证不说！你们绝对放心，我这个人是很讲信誉的。

回到林溪，他一次又一次地取出金子菩萨，细细地摩挲。黄金，这么重，别看只这么一点点，还真够沉的。以前听人家说黄金很沉，没想到还真这么重啊！

一天，两天，三天……平静地过去了。他有点巴望南京人从此不再来取金子菩萨了。他甚至想好了，如果南京人突然出现，自己可不可以告诉他金子菩萨被小偷偷走了，或者干脆称不认识这两个南京人。要么，干脆一横心，做一次这辈子没做过的亏心事：矢口否认有过金子菩萨这回事！反正现在是天知地知你知我知，偏偏村里的隔壁四坊不知。

时间一天又一天过去。一个月了，南京人还没有回来。他有些按捺不住心中的越蹿越高的喜悦了。

那天，他特意到机砖厂找到我父亲。我父亲也是村干部，是他信得过的老朋友，那时，正受人之托管理村里的一个机砖厂。

“我想赊点砖！”他说。

“赊砖做什么？”父亲问。

“建房子，我要五万砖，建三间三层的楼房！”他信心满满地说。

“别糊弄我了，我还不知道你，你哪有钱建房子？是天上掉下了？还是挖到了钱窖？”父亲揶揄他。

“这回还真是！”他说。为了让父亲答应他赊五万砖，他把金子菩萨的事件经过一五一十全告诉了父亲，并要我父亲坚决为他保守秘密。

父亲神情严肃地告诉他，赶快去城里的金店验一验，看看那宝贝，是不是金子做的！

他神情有点恍惚，当天下午即与老婆抱着宝贝到城里去了。

傍晚回来时，从城里到乡镇的出租车上，他老婆一路恸哭，用她在这个世界上可以找到的最恶毒的语言，一路诅咒那两个南京人，顺带还时不时地咒骂这个耷拉着脑袋坐在一边的丈夫。

铅，全是铅。南京人！金子菩萨，铅！铅，金子菩萨。五万元，三万元，金子菩萨，南京人……楼房的梦想破灭了，摩托车的梦想破灭了，似乎刚来到家门的美好生活破灭了，一生的英明破灭了……

很快，人们就赋予他一个金光闪闪的绰号：金子菩萨。

村里人进进出出，进一句“金子菩萨”，出一句“金子菩萨”，笑呵呵地直面称呼他、喊他、揶揄他。起初，他不应答，甚至恼羞成怒。后来叫的人多了，他也就认了。一生的耻辱怎么也洗刷不净了。他是个聪明的人，他懂得忘却，懂得接受生活对自己的改变。

他在乡里的名气更大了，几乎无人不晓、妇孺皆知。

慢慢地，再也没人请他去做“和事佬”了。无聊的时候，他也和细根、麽脑他们在田岗里、茶树下打打扑克，在村前屋后取笑逗乐。

“金子菩萨！”人们这样称呼他。他真实的名字慢慢被人遗忘。只是不知就里的人，难以将如此耀眼的名字同眼前这个脸膛发黑、胡子拉碴的灰色老汉联系到一块儿。

归去来兮

很长一段时期，我都和村里人一样，忘记了老日还是林溪的村民，直到他重新回到阔别二十年的村里。就像所有离开林溪终又回到林溪的人一样，他们因为离开而被人忘记,从林溪的生活版图上消失；然而，多年后的某一天，他们又突然出现在村里，走在林溪的土路上，一张陌生的面孔，张口却是村里特有的乡音。这时，人们发现，他们的身上已经带着世间沧桑的经历与几多生活的故事。

老日还有个绰号叫蝌蝌嘟。蝌蝌嘟，是林溪人称呼青蛙蝌蚪的土语。老日就像那成群结队在水塘里游走的黑点点似的，总是给人一种肉乎乎的感觉。也许这绰号和他慢腾腾的性子有关。在我对他早年的印象中，他是个活得疲疲沓沓的人，大大咧咧，有着六月天都不会生痱子的软脾气，整天都是一幅不得要领的样子。村里人有事没事地拿他开玩笑，嘲讽他怕老婆，他也从来不计较。他行动迟缓，说起话来瓮声瓮气、迷迷糊糊，仿佛刚刚从一场醉酒中醒来，或被一个什么重担压得喘不过气来。而他整个身体也的确如他的绰号，像一只肉乎乎的蝌蚪：细圆的脑袋，生硬地栽在一段松松垮垮的躯干上，一双外八字的螺旋腿，站着时都像是骑在马上一样跨着，似乎让人担心，他要非常吃力方才可以让身体转个身。

我想起小时候与孩童们嘲讽他的情景。常常是在村口，看到老日腆着个大肚子一步一摇远远地从田埂上走过来，我们一群黄毛小孩立刻在土路两边列队欢迎，口中齐声高喊着他的绰号：“蝌蝌嘟！蝌蝌嘟！”童声稚气而清脆，宛如多年后孩子们被安排列队高喊“欢迎欢迎，热烈欢迎”时的情景。在林溪，大声直呼一个人的名字，是对人的不恭，更何况高喊一个人的绰号。而对他，孩子们却引以为乐，逗笑嬉戏，乐此不疲。我们这样喊他没有一丝羞耻感，而他被喊似乎也没有羞耻感。在林溪村可以如此让人公然嘲讽的人，除了世根就只有他了。

老日和我父亲同辈。据父辈们讲，他年轻时候其实是个很阳刚的汉子，有血性有脾气。从五十年代大修狮子口水库、一九五八年去萍乡大炼钢铁，到人民公社集体种田、劳动竞赛、参加“文化大革命”批斗地主，他都是活跃分子和先锋，甚至为村里赢得过荣誉。他当年的一些先进事迹至今还在村里流传。比如，他在寒冬跳进狮子口水库摸鱼给修水利的民兵们打牙祭，差点冻死；他与人打赌，二十分钟内将快孵成小鸡的一窝鸡蛋烤熟吃光，等等。

他是上世纪八十年代中期离开林溪的。那时，他老婆已经接连生下三个女儿了，而他要生的儿子却还未降临人世。这将他生活的节奏全打乱了。按照政策，他生第二个女儿时就罚了款，生下第三个女儿时，按照政策，他老婆无论如何都是要结扎的。乡计生办的干部来催过若干次，他带着一家大小躲起了猫咪。那次，计生办组织了一批干部浩浩荡荡开进了林溪，准备一举拔尽所有计划生育“钉子户”。他们先是到清菩萨家，催他已生两个孙女儿的儿媳妇去结扎。清菩萨眼看着断子绝孙而自己一身大本事就要后无继承人了，他两眼发绿，独自坐在八仙桌后，吆喝着要乡干部上前到他手上取罚款。浩浩荡荡的一队乡干部，竟然没有一个人敢上前，因为大家都惧怕他的那身绝世功夫——有的地方叫“抠”，有的地方叫“五百钱”，而在小说和电视剧中则叫“点穴”。之后，这一支受了窝囊气的队伍，才浩浩荡荡地开赴违反计划生育政策的老日家。老日蝌蝌嘟家早已人去楼空。乡干部气不打一处来，抄起长长的晾衣篙，不到一个上午，便将两间瓦房的屋顶扒了个精光。碎瓦满地，春天明媚的阳光从屋顶无瓦的椽木间照进屋里，屋里一片明亮，一片狼藉。

老日最终也没有出来收拾残局，哪怕是收拾一下那几件还可以用得上的破衣柜。他从此在林溪消失了，连同他全家大小，杳无音讯。几年后，村里第二次重新划分责任田，再也没有他的名字了。据他的堂兄弟们说，他去了邻县峡江县的山区，在那里帮人家垦山种田。

二十年后，他带着一米八的儿子重新出现在林溪人面前。儿子英俊潇洒，在林溪绝无第二人。这时的他，头发已经斑白，身体也瘦了不少，但眉宇间却有难以掩饰的满脸自得。也许是长年的辛勤劳作，他当年那种肉乎乎的慵懒气不见了，代之的是浑身的健壮、干练。他带着儿子一一造访了林溪每一户人家，脸上洋溢着儿子所带给他的自信和满足。林溪重又接纳了他。人们分给他土地、给他房屋借住，使他重又成为林溪的村民。林溪村里土地被征了，土地补偿款一分不少地分给了他。他在林溪的后山上建造了一幢三层的洋房，在阳台上还贴了光洁的瓷砖。从此，老日二十年的漂泊生活终于宣告结束。他用去二十年时间，绕了一圈，终于又回到了林溪。

村里再也没有小孩在路边叫喊他的绰号取乐了，他的绰号在村里几近失传，他的尊严正和他儿子的身高一样受到林溪人的认可和赞美。

然而，死亡却过早地光顾了这个可怜的人。

老日蝌蝌嘟是在大年三十晚上去世的。在农历新年的钟声敲响之际,他六十岁的生命便戛然而止，这与他一生颠沛流离的命运恰好形成某种对称的隐喻。

那年大年初一早晨，林溪村笼罩在了一种不祥的氛围之中，撕心裂肺的哭声在此起彼伏的迎接新春鞭炮声中响起，让那个春节变得非常诡谲。村前屋后，草地上薄薄的积雪还没有完全融化，纯洁的白雪映着各家各户门前火红的春联，美丽热烈，冷飕飕的北风还在一个劲地刮。要不是这突如其来的死亡降临，在林溪，这应是个年味十足的祥和春节。当人们发现他时，他的身体已经冷却了，没有痛苦的表情，也没有扭曲的脸孔，一切和他熟睡了一样。而和他睡在一起的老婆还一息尚存，很快被人们送往市医院里去了。

他是在自己刚入住一年的新房子中去世的，煤气中毒。房子刚做好不久，他还没来得及在自己安稳下来的家中享受几天。这栋新建的三层楼房，不像多年前他那不避风雨的瓦房——拥有一间遮风挡雨的房子是他一辈子追求的生活理想。除夕之夜，他和妻子、十六岁的儿子——三个女儿已经嫁了——在新楼房里看完电视，就去睡了。雪后，乡村的夜晚格外寒冷，他把烧得正旺的蜂窝煤炭火搬到自己的卧室，这既是守岁的遗俗，也是取暖的需要。而正是这盆炭火要了他的命。密封良好的新房子已远非他住了几乎一辈子的简陋瓦房，氧气渐渐稀薄，煤气渐渐浓烈……对于大字不识一筐的老日而言，他无论如何也想不到世上有所谓煤气中毒这回事；无论如何也想不到小洋楼建起来的同时，他烧炭火守岁的习俗也应该改变；无论如何也想不到，他眼看就要安稳下来不再漂泊的晚年生活自己却无缘享受。

村民们穿着新年的光鲜衣裳，围在他家的门前劝慰他崩溃了的儿女。老人们教他十六岁的儿子，按照村里的习俗给老日换上寿衣，再请村里的“八仙”将尸体抬到众厅，然后按照步骤，春节后办理丧事。丧事办完不久，已变成植物人的老日妻子紧接着也在医院去世。一个十六岁的儿子接连办完两起丧事，然后离开林溪，跟着自己的姐姐到广东打工去了。

老日回到林溪来了，又早早地离去了。他所留在林溪的，除了一个聊以自豪的儿子和一幢平日无人居住的楼房之处，再也没有什么。他的故事在林溪流传了几年，很快就被更多更离奇的网上故事、电视新闻之类所覆盖，如今再也没有多少人愿意提起。

怀念一个颓废的人

离开林溪到城里工作后，有好多年，我常常怀念一个叫麼脑的人。

在林溪的口语中，麼脑即是秃子的意思。麼脑很年轻时就已谢顶，光亮的头顶上，由两鬓调来一缕长发盘上一圈，叫做“地方支援中央”，勉强掩饰了顶端的荒芜。他天生一张刀削脸，体形弯曲，看上去有几分猥琐，这与他处处谈笑风生、富有感染力的性格有着霄壤之别。一支卷烟好像从来没有离开过他的嘴角，他常常一边双手抓取扑克牌一边嘴里说话，卷烟在嘴角一翘一翘，烟雾弥漫，熏得他两眼眯成一条细缝。

每次回林溪，听父亲谈到当年的那些往事，我就有种想见见麽脑的冲动。但我终于没有付诸行动。其实，说我想见他，倒不如说是我想他见我。我想让他看看我的现在，看看一个当年受他鼓励后的小学生，是如何努力地吃上了工资、成了一个城里人、实现了他的厚望。

因为与我父亲同在村委会当村干部，又是同代人，麽脑便成了我家的常客。他在我家的出现，伴随了我整个的童年时期。他坐在我家的八仙桌前，高谈阔论村里的事情，嘴角泡沫飞扬，并伴着夸张的手势，这几乎成了我对他早期印象的一副图景。

麽脑是个绝对聪明的人，尤其对数据之类的运算，特别快特别准，享誉乡里。他当村委会的会计，以精通算盘著称。当年我见过他与父亲就着一张桌子和一叠账本，父亲一边念数据，他一边疾速地扒拉算盘珠子，只听见一片炒豆子般的哗啦啦响。后来计算器问世了，不少人很快用上计算器而扔掉算盘，唯独他没有。据说，有一次他与人打赌，用算盘加减乘除将全村每户的村提留款算出来，结果他比别人用计算器还快。

那时，他人缘特别好。他似乎总是嘻嘻哈哈，一幅严肃不起来的样子，见到村里的每一个人，他都可以说上几句玩笑话，引得人们笑得前仰后合。他对我却格外有些不同，有好几次我们单独相处的时候，他用真诚的口吻鼓励我好好学习，长大以后进城不要种田。他的话让我倍感温暖备受鼓舞。后来果然如他所期望的那样，我的学业一步步前进，终于考上师范学校跳出了“农门”。

但后来，他却似乎变得越来越陌生而不可理解了。父亲年老退出村委会后，他接任了村支部书记。但很快，他就陷入了各种应酬之中而忘记了自己的工作与身份。他整宿整宿地与村干部打扑克，乡政府开会都找不到人；他随意许诺村民却几乎不兑现；他收了村民的村提留和乡统筹款去作赌资；他将村委会管得入不敷出甚至将村部大楼也卖掉;因为在外面所欠吃喝款太多，镇上的小酒店集体拒绝再向他赊账了。在村民眼中，他成了败家子、不务正业的村干部、腐败分子；在他老婆眼中，他成了不负责的丈夫、酒鬼、懒汉，连农忙“双抢”季节，妻子都看不到他人影。

他嗜酒如命。哪户人家有婚丧嫁娶办酒宴，他都是当然的座上宾，而且往往不醉不归。他有时一连好几天在外面醉酒，妻子四处打听，乡政府也找不到人。有几次，妻子按照知情人的提示，拉着板车去路边将烂醉如泥的他拖回家。

上世纪九十年代，村里和乡里分别向农民征收的村提留和乡统筹越涨越高。不久，每亩地摊派的两款任务超过了亩产的纯收入，村里不少良田被抛荒，稍有点路子的农民亲带朋、朋带友，纷纷逃似的往城里打工去了。邻县农民因为不满高额的村提留和乡统筹，将好几个乡政府的办公楼都砸烂了。

林溪村的村提留款和乡统筹款都没收上去，在乡政府排列的工作龙虎榜上名列倒数，乡干部却找不到麽脑的人影。他不是在东家打扑克去了，就是在西家喝得烂醉，不管世事。夏天，村民为争水灌溉稻田闹起了纠纷，想找他调解也不见踪影。镇党委书记严厉批评他对工作极不负责任，他只是笑笑，笑后也就没有了下文，依然神龙见首不见尾。不少人都说他变了，变得没有责任感了，败坏了村干部的名声。不但是他，甚至整个村委会班子都这样，几个村干部都和他一样，常常在集镇上的小酒馆出入，脸膛被酒精醺得酡红。一些村民当着他的面指桑骂槐说村干部腐败，他装作什么也没听见，依然我行我素。

也许是乡统筹欠缴太多，他终于被镇党委免职了，一同免职的还有其他几个村干部。卸任后的他，仍然和村里村外的一帮朋友喝酒打牌度日，只是请他喝酒的村民已经很少了。在林溪的屋檐下，在后山的茶树下，在田岗的田埂上，常常可以看到他聚了几个人打牌。

人们不再称呼他书记，又改回叫麽脑了。他也和气如初，恢复了本来的幽默诙谐。镇里任命了一个年轻的退伍军人任新的村支部书记。后来便是村里征地拆迁，不到几年，新的村支书和村主任贪污挪用应分给村民的征地款好几百万元，不少村民奋起告状，俩人终于被判刑入狱，结局比麼脑还惨。

林溪的村民又有点怀念麼脑了。可我一直没有机会见过他，直到现在，也不知他过得怎么样了。

最后的穷人

林溪村的后山山坡上，有一幢特别低矮的瓦房。房子是用旧的红砖头砌成的，墙体连基本的砂浆粉刷都没有。屋顶的瓦片新旧不一，形成斑驳的花色。门窗都格外地低矮，透过门洞往里看去，屋内一片幽暗。门口有一口压水井，一根晾衣用的长竹篙，一丛茂盛的美人蕉。瓦房共三间，坐西朝东，在山坡上俯视着林溪的那一片老宅子。

房子的主人名叫世根，但村人里都爱称他世根老鳖。世根后面加上老鳖两字，并无什么特别的意义，林溪人谁也解释不清这名字的来历和意义，大家只知道自小就如此称呼他，习惯而已。世根一家四口，有两个儿子，这在严格实行计划生育的林溪村并不多见。

自上世纪九十年代以后，村里的楼房一幢幢竖立起来，有的两层，有的三层，甚至四层的也有不少。一些富裕点的人家在楼房外墙上还贴了瓷砖，拼出好看的花色，有几户人家甚至用红色的琉璃瓦给楼房做了坡顶，架上太阳能热水器和电视接收器，这样，楼房就和别墅没有什么区别了。林溪早已没有人愿意再建普通的瓦房了，可前几年，世根家还是动工新建了这幢低矮的瓦房。这并不是因为世根太穷。相反，世根那时比他以往任何时候都更加富有。村里被开发区征去了北面成片的土地，世根和村里任何人一样，土地征地款将他们的腰包撑起来了。世根家分到的第一笔征地款就有三万多元，这是他一生近四十年来拥有的最大财富。他父亲留给他的旧瓦房早已倾塌了，村里建了新楼房的人家念他可怜，留出几间原想拆毁的旧屋无偿送给他住，也已经有好几年了。

世根其实是个挺勤劳的人，身体健壮，力气过人，可贫困却始终如影子一样跟随着他。他父亲早亡，家里一贫如洗，除了一张床之外，留下的只有他和哥哥两兄弟。两兄弟靠着村里人有一茬没一茬的接济长大成年。直到四十多岁，哥哥才“倒插门”在外地做了一个残疾女人的上门女婿。世根留在林溪一个人生活。那时，村里的年轻人纷纷去广东、温州打工去了，即使没赚到钱也多多少少长了些见识。他没有文化，只能像村里的老人小孩一样留在村里种地，独自一人寂寞地过着日出而作日落而息的生活。年轻的男人们都出去了，村里有些耕地、肩打禾机之类的沉重农活，人们常常要请他帮忙。说不清到底是世根没有自己的主见，还是抵制不住好菜好酒的招待，谁请他帮忙，他都来者不拒。即使在农忙的季节，他也会放下自家赶季节的耕种而先给人家帮忙。有时人们也象征性地给他个工钱，更多的是将他的劳动算作邻里之情打发了事，遇上厚道的人也不过附加上几句恭维表扬的话，这就足以让世根很感动了。世根并不懂得自己劳动的价值。他一年四季衣服上都沾满劳作时带来的泥土，一年四季都在田间地头忙忙碌碌，一年四季都没看他坐下来休息过一下。即便如此，世根也仅是勉强度日，甚至所穿衣服也需要靠邻居们的接济。

他娶老婆是十几年前的事了。每每在给人家帮忙之后，世根都会央求村里的好伯伯好婶婶给找老婆。村里好心的人曾经一次次给他找对象，虽然都是些耳聋、瞎眼或腿瘸的女子，但仍然没有谁愿意嫁给一个孤儿、一个文盲、一个贫困得连一片瓦片都没有的人。

有一天，村里不知从哪里走来了一个疯女子，衣衫褴褛，蓬头垢面，好像已经饿坏了。好心的婶婶们盛了米饭给了她吃，又问她来自哪里。她迷迷糊糊说不清楚。疯女人在村里待了好几天，晚上就宿在林溪的祠堂里。在几个邻居的撮合下，世根终于将这女子留下了，就是他现在的老婆。原来，这疯癫女人是本乡另外一个村的，犯癫痫病后出走到这里。后来女人的家人找到世根，见世根收留了她，对世根说了一通感激的话便回去了。世根到镇里领了结婚证，算是正式成家。世根对这女子很好，这女人的疯病也慢慢好转起来，疯癫发作的频率慢慢少了。不久，这女人顺利地生下一个健康的男孩。过两年，又生了第二个男孩。世根在村里自立了门户，过上正常的家庭生活。

妻子和儿子的降临，让世根像换了个人似的精神。渐渐地，他也跟着村里的壮劳力到城里去做短期的泥工，所得不多的工钱用来贴补家用。所幸的是，两个儿子并没有遗传到什么精神疾病，健康活泼，与村里的小孩们一样上学了。

由于不会写自己的名字，林溪开始征地后，世根将分到的征地款存放在妻子的姐夫那里代为保管。每次用钱，他再去向自己的姐夫要。他姐夫严格管理，不让世根乱花一分钱。世根本想用征地款建栋楼房，和林溪其他的人家一样住上好房子，可他姐夫执意不同意世根一下子将钱花光，他不想让自己的外甥以后上学都没有保障。最终，他让世根在后山上新建了林溪村这唯一的瓦房。尽管世根心里有一万个不满意，他也无可奈何，只是常常对他姐夫大发牢骚。

世根知道自己还有钱，他花起钱来自然大方了许多。渐渐地，他学会了抽烟，每天一包，后来两包。他每天去集镇上买肉买菜，餐餐都要喝酒吃肉，和村里人一样过上了丰裕的物质生活。有几次，他姐夫跑来林溪，要隔壁邻居们帮帮忙，多劝劝世根节俭用钱。但世根哪听得进去，照样天天是酒肉穿肠过。世根每次向他姐夫要支钱，都免不了一通争吵甚至冲突，相互辱骂也是常有的。世根后悔将钱给姐夫管了，甚至私下里扬言要报复姐夫，怨恨变成了仇视。

土地又征了几次，林溪再没什么田地可种，世根也不再那么勤奋地下地干活了。开发区附近的工厂招了村里不少人去工作，但没有哪个工厂肯要连自己名字都不会写的世根。世根平日无事可做，跑去姐夫家要钱、吵架，便成了他这些年最主要的事情了。征地款解决了他的贫困，似乎并没给他带来幸福和快乐。他喝酒越来越频繁，常常一个人在家里喝着从镇上买来的四元一瓶的勾兑白酒，动辄烂醉，醉后则耍脾气，在家里摔东西、训老婆。醒后，有时他也在村子里晃荡，醉眼迷离，神情涣散，带着一种死亡般的绝望。

他两个儿子如期长大，一个读初中一个读小学，成绩虽不算好，但性格却平和恭谦，和睦友好，全然不像他们的父亲。前几年，两兄弟在瓦房门前的空地上栽下了一棵美人蕉，又自己动手用残砖砌了一个小小的花坛，将美人蕉保护起来。美人蕉果然迅速成长，夏天一到，硕大的叶片中间，便开出几枝火红而热烈的花，给灰色的瓦房平添了一丝生机。

无人继承的秘方

清菩萨本名叫清，但他神秘、深邃，面目僵硬，的确最像个菩萨，像一朵出没在林溪村上空的乌云，来去无迹可循。村里没有人比他看上去更庄严更仙风道骨的了，从我记事起，他就已经头发胡子眉毛全白了。而在他那张典型的国字脸上，深嵌着的一双深邃的眼睛，总是死死地盯着某处，似乎它背后潜藏着许多不可捉摸的东西。他那沙哑的嗓音，仿佛从遥远的天边传来，让人联想到深寺古刹在暮色中响起的梵音。也许与他年轻时习过武有关，他那笔挺的腰身，即使到了老年也不逊于年轻人。也许是他一生的职业与蛇有关的缘故，他浑身透着蛇一般彻骨的寒冷。面无表情的他在林溪的土路上穿行，或迎面向你走过来，你会感觉平地上突然刮起一阵冷冽的寒风。

清菩萨以秘方治疗蛇伤闻名乡里。若以民间文化而论，林溪村在很多方面都可以称得上文化名村。因为除了我爷爷以武术、花鼓戏、五星命理、堪舆术声名远播之外，像清菩萨这样专于一技而声名大振的还有好几个人。他们的弟子遍及邻近的好几个县，活动范围遍及赣中南一带，有一帮同道的江湖朋友，在同行中享有盛誉。他们几乎不参加农业劳动，但凭借自己一身特别的本领而生活得比林溪大多数人更加滋润。

江南地湿，随处可见的茂密植被中，各种毒蛇隐迹其间，常常成为农民的丧命之门。仅林溪一个小村，每年都有好几人被毒蛇咬伤，稍不及时抢救，便可能一命呜呼。但清菩萨是蛇伤的克星。不管是什么蛇咬伤，只要你描述清楚蛇大致的斑纹花色，他就可以稳操胜券给你治好。曾经有一次，国生伯伯的女儿被一眼镜蛇咬伤，一晌不到，蛇毒封喉，女儿已经昏迷，危在旦夕。家人守在床边，要开始准备后事了。清菩萨闻讯赶来。他先用一匙清水滴到她嘴里试了试，发现尚可以滴水进喉，他便嚼了一味谁也不知道的药敷在已经溃烂发黑的伤口。次日，小孩便自己爬起床来，像睡醒了一样睁开惺忪的双眼。

每到夏天，清菩萨屋檐下便门庭若市，远远近近的人都找上门来治蛇伤。有的伤势轻，是摩托车、自行车驮来的；有的伤势很重，奄奄一息，只能用平板车拖到他家去；有的伤者半截脚或手已发黑，病入膏肓，显然是在别处治疗无效后才经人介绍转到他这儿来的。清菩萨来者不拒，对症下药，往往十天半月便药到病除。他在院子里忙前忙后，既兴奋又沉着，慢条斯理地察看、询问，然后躲到屋子里独自一人抓药、研药，最后给患者敷药。他对每一个来者都有明确的承诺，“只要能滴进水，就能救活”，这句话成了他在蛇伤者面前的口头禅，也是他对自己医术的炫耀。

治蛇伤给清菩萨带来了可观的经济收入、无数的好烟好酒和无以计量的恭维与尊重。他收获着，心里快活着。夏天是农民最辛苦的季节，但却是他生意最好、收入最高、心里最得意的时候。冬季空闲时，他常常带着儿子阿发南下峡江、吉安一带上山采药，也顺道教一教那些散布在深山各处的徒弟，让儿子与他们熟悉熟悉，以便将来继承自己的衣钵。有时他们一两个月才回来，同时运回来一袋袋的杂草、枯枝、树根之类草药。三四月里遇上天气晴朗的日子，他便将各种切碎了的药片翻晒出来，整个庭院铺满了药草，浓烈的药香弥漫了半个林溪。

清菩萨的医术本领并非祖传，其师傅便是邻村一个解放前名震一方的陈姓师傅，可惜他同唯一的儿子都在“文化大革命”那几年无何止的批斗中去世了。蛇伤秘方在陈师父家失传了。清菩萨是陈师父最好的弟子，真正的继承人。他竭力要将秘方变成家族的遗产，代代相传，祖祖孙孙。只是他唯一的儿子阿发并不愿认真学治蛇伤的本领，每次都是迫于清菩萨的管教才勉强跟着他学习。这，成了清菩萨晚年一块没有放下的心病。

直到清菩萨去世，阿发子承父业，才真正体会到了父亲当年的良苦用心。由于清菩萨的名气使然，前来求治蛇伤的人依然络绎不绝，给他带来了同样丰厚的物质回报。那些带着挽救生命的希望前来的患者，在金钱面前常常表现出出人意料的大方。阿发从不对自己的医治定价，“随你的意”，他总是这样对治好病的人说。这反倒让那些心怀感激的痊愈者倾囊相送。

阿发将全幅精力投入到治蛇伤之中了，但他手头上从不离开那本父亲留给他的医书。正如他后来劝他儿子东子学医一样形容自己当年：“一本医书就够我一辈子的吃穿”。阿发的吃穿日用的确是从医学书中来的，山上低廉的杂草树根，到他药柜子里，就摇身一变为他高价的草药。

上世纪九十年代，随着农村环境的变迁，一些地方，毒蛇竟渐渐成了稀有之物，被蛇咬伤的人也越来越少了。阿发做了两个重大的决定：一是扩大行医治病的范围，不仅治蛇伤，也治各种疑难杂症，癌症、肝炎、肾炎、不孕不育，等等；另一个是到集镇上开个中医诊所，专职给人治病。诊所开在集镇的菜市场边，大书“阿发诊所”四字。阿发翻着父亲留给他的医书，给各色病人号诊，生意相当兴隆。不几年，阿发就建造了一幢当时堪称林溪最好的三层楼房，屋顶铺了红色的琉璃瓦，墙面贴了瓷砖，窗户嵌上了铝合金。

直到前两年，阿发陷入了一场震动很大的纠纷，他的医疗生涯才告一段落。面对一个伤口已经溃烂发高烧的蛇伤患者，阿发像往常一样承诺“我包治好”，结果贻误了时机使一个老太太身亡。那个村庄的几十个农民围攻了他的诊所，砸碎了所有可以砸碎的东西，并扬言要阿发抵命。阿发吓得瑟瑟发抖，不敢出来。最终镇政府司法所出面调解，阿发赔偿对方现金十五万元告结。他从来都对自己的医药事业充满自豪，可这一次，却使他陷入了长久的沮丧之中。看着自己的英名被废、事业中断，一向乐观开朗的他变得沉默了很多。

后来，我在城里碰到阿发，他穿着一身保安服，显然受聘在一家保安公司。我问他怎么不再去重振旗鼓。这时的他已经平和多了，“出了这么大事，谁还会相信我了？”他说，“我儿子东子在上海读博士，也不让我开店（行医）了。”他说的是真的。东子很小就被阿发寄希望于接他的班，要将清菩萨传下来的蛇科医术传承下去。他送东子读了江西医学院，可他学的是骨科。东子没有继承祖传的治蛇医术，却成了上海小有名气的骨科医学博士。

清菩萨治蛇伤的秘方就要失传了，它和即将拆迁的林溪村一样，不久的将来，定会消失在时光的浪涛之中。

附录　撕裂的疼痛

龚　云：读永良的新作《从篱笆到围墙——一个村庄“被现代化”的背影》，感慨颇多。故园之殇，先是精神上的离乱，然后又遭实体之摧毁。祖祖辈辈一直坚守的故园，在快速转型的社会中，恍然间碎了一地。而要命是，在“碎”的过程中，我们无法置身事外。作者试图以沉稳的笔墨去追述，却表达了一颗荒乱的心，记录了我们这一代人对故园之殇的失落与歉疚。

胡星渝：散文集《从篱笆到围墙——一个村庄“被现代化”的背影》不仅有散文的诗化意境，更兼备杂文的锋芒与小说的深刻。作品从一个叫林溪的村庄的变迁，折射出整个中国城镇化悲喜交集的过程。当人们在各项经济指标直线上升的幻影中沾沾自喜的时候，作者以“世人皆醉我独醒”的超然精神态度看待世事的变迁，在肯定经济腾飞给予人们物质生活极大满足的同时，着力批判了精神世界在物欲横流的社会里流离失所的现实。作品笔触细致入微，情感真切动人，字里行间都流露出一种对原生态乡村逝去的淡淡的忧伤。

喻军华：一支笔，定格于一个村庄；一篇文章，抒写着一个时代；一部奇书，描绘出一段历史。这，就是我在《从篱笆到围墙——一个村庄“被现代化”的背影》中读到的永良君的内心乾坤。文字的担当性，如今已鲜有人提及。在此书中，我们却可以看到作家作为社会良知的发言。欢欣，或者悲哀；接受，或者拒绝；纠结，或者叹息……所有这些，在有声有色的城市化进程中，似乎都是那么顺其自然，也在此书中演绎得淋漓尽致。可贵的在于，作者以其敏锐的触角，更深入地挖掘到超越这一切的潜质：故园将失，人心何依！历史潮流，浩浩荡荡，势不可挡。只是，在这不可挡的背后，所有的摧毁，所有的流失，都将是合理而正当的吗？都将没有保留一寸空间的可能吗？

郭永明：作品对现代工业文明逼迫下乡村的痛苦嬗变进行了全方位的冷峻思考，文字质朴醇厚，体现了作者博大的悲悯情怀和人文关怀，哀而不伤。

袁海申：永良兄浓厚的乡恋情结和悲悯情怀令人感动，其深厚的文学功底和驾驭文字的能力令人艳羡，而细致入微的叙事和生动流畅的语言读来令人陶醉，欲罢而不能。他沉浸深厚感情饱蘸泪花撰写出的文字是这个时代的真实记录。

刘金鹏：读《从篱笆到围墙——一个村庄“被现代化”的背影》，慢慢地让我跟着作者走进了已消逝的童年，走进了只有凭记忆才能再现的富有纯朴气息的乡村。我没有停留于把它当散文来读，而始终感觉是在读作者的自传，又像在读一部当代乡村变迁史。

何立文： 当代中国，工业的迅猛发展彻底摧毁了城乡二元的社会结构。城市化的速度之快，让一大批农民一夜之间变身为“市民”，篱笆、菜园、池塘、树木……这些乡土标志性事物也在现代化的冲击下渐次消亡。失去土地与家园的“新市民”们，其“农民”身份在他们心里到底还有多少意义？在推土机的轰鸣声中，新的伦理秩序和价值观如何确立？作者以自己的故乡林溪村为切入点，叙述了一个有着深厚历史与文化积淀的传统村落“被现代化”的过程，不仅仅是对故土田园牧歌式的诗意回望，更是对乡土文明和农耕文化变异乃至消融的细微省察与深刻反思。散文家苇岸曾在一篇文章中写道：“在背离自然，追求繁荣的路上，要想想自己的来历和出世的故乡。”诚哉，斯言！

李继勇： 这本书也许只想告诉我们：散文，是可以用来承载一块渐行渐远的乡土的！传统意义上的乡土，被作者放在了社会变迁的视野来审视，故园情怀被作者掺杂着人文关怀来解读，便宛若昔日田园牧歌式的抒情慢板，更俨然时代车轮下那迷失、割裂的灵魂拷问。作者用锐利敏感的触角，为我们铺展了属于他的一块乡土，以及乡土上人们的快感与疼痛、爱与恨。其实，每个人心中都有一块回不去的乡土。从农耕文明走出来，接受城市化的洗礼后，当我们俯身脚下那片不再以生产粮食而是以制造GDP为骄傲的乡土时，阅读此书，便注定会与作者一同纠结，愈发理不清那些悠缓得有些拖沓的叙述，是对乡土的皈依还是救赎？

胡军华：读永良的散文集《从篱笆到围墙——一个村庄“被现代化”的背影》，熟悉而又亲切的乡村生活全景式立体地呈现在我眼前，许多乡村生活细节使我产生了强烈共鸣，因为我与永良的学习和工作经历有许多相似之处，在乡下种过田，考上师范后，做过教师，后来考入机关当干部。永良从自己熟悉的村落生活着笔，写景写人、写情写感，无不体现了一个亦官亦文的性情中人的悲悯情怀和知识分子的良知。上推三四代，我们都是农村人。村落，是我们的故乡，是我们的根脉，是我们心灵深处的精神家园。假如那些令人神往的村落家园都消失，我们又该去哪里寻找心灵的“根”呢？永良提出了个人的思考，提出了我们都处于“文明的冲突”之中的现实命题。但在今天城乡统筹发展的新阶段，作者就如何防止村庄“被现代化”方面仍少了一些思想探索，少了一些社会反思。但瑕不掩瑜。

何　闯：列夫·托尔斯泰曾说："写你的村庄，你就写了世界。"随着时代的变迁，一轮又一轮的社会变革，故乡被改装得面目全非，你将再也找不到那些熟悉的场景，你再也无法通过这些场景回到过去，你找不到你生命的源头，你成了没有根的孤魂。或许只有用文字去记录故土，我们才重新有了根，不再是孤魂。

唐冰炎：初读永良的作品，我嗅到了台湾乡土文学的代表作家黄春明笔下的悲情气息：城市文明入侵古老的乡村文化，失去故园的灵魂开始漫长的漂泊流浪……然而掩卷之后，一种尖锐而持久的疼痛在我身体中弥散，迫使我努力地捕捉词汇去描述这莫名的痛感，终于一个词闪现了——"撕裂的疼痛"。文化学中有"撕裂的族群"的概念，因"文化撕裂"而起的疼痛叫做"文化疼痛"。永良的作品将自我及他的族群经受的这种撕裂以冷峻且近乎残酷的直白呈现在读者面前：古老的林溪在现代文明的冲击下，林溪人的不满、自卑不可遏制地蔓延，他们开始崇尚城市文化,甚至力图抛弃自己原有的文化，重塑自我。这种破茧而出的愿望意味着否定自我，形成第一重痛苦。然而，蜕变完成之时，伴随他们成长，已流淌在血脉中的故土记忆渐行渐远，甚至消亡，这种失根的游魂之痛又开始纠缠不止。鲜血漓淋的撕裂之痛如影随形，复杂的人性挣扎让我们触摸到的是一位深谙存在主义哲学的知识分子不断反思、剖析生命的悲悯情怀。

彭秋平：在《从篱笆到围墙——一个村庄“被现代化”的背影》一书中，永良兄用素描淡雅的笔法，勾勒出城镇化进程中的故乡以及她的嬗变，与其说是野心，不如说是农家弟子的爱心和良心，他分明是在绘制一幅当下中国乡村的《清明上河图》。面对乡村城市化这种不可逆转的趋势，他不是在对峙和伤怀，而是潜下心来，将农事、风物、俚俗、人情以及村民的歌哭和笑骂、隐痛和挣扎，一一打磨，使其散发出温润的人文之光。个中有些器具和表情或许还显粗糙、生硬，但无一不散发出他的气味、脉息、癖好和脾性；而且他所做的工作，是“我”的，是情理相融的，是不可复制的。他建构了自己精神世界里的“老家”，为生活在钢筋水泥里的我们起码提供了一种可能：假使故乡消失了，但我们还可以借此在泪光中遥望，或怀想。

徐淑红：现在很少读到喜欢的乡土散文了，近日读永良在凤凰网的《从篱笆到围墙——一个村庄“被现代化”的背影》，竟能一口气读下去，且勾起许多回忆，心里有种说不出的亲切与温暖。

凤凰网友：在这部“林溪故事”中，很多人可以找到似曾相识的人、事、物。林溪的变迁在当今中国大地随处可见，有人为之欢喜，有人为之忧伤，有人感觉五味杂陈。开山斧也好，二齿钉耙也好，是绝对敌不过推土机的效率的。橘园，稻田的产出，也比不过现代化的纺织厂。机械的推进粗暴而有效率，从它几百年前刚出现时就是这样。而支配机械的力量，从几千年来就是如此蛮不讲理。我可以说，“林溪故事”尽管可能更想体现一些社会学上的意义，但在当下中国，这种非主流的表达绝对没有硬邦邦的调查报告有力。相反，“林溪故事”中不乏可信可思的好文章，让人读后回味悠长。